鍵のあいた鳥籠

富樫聖夜

文庫

イースト・プレス

contents

プロローグ　帰ってきた男《ひと》

その知らせをミレイアが聞かされたのは弟ジュールの口からだった。

「ねぇ、姉様、聞いた？　エイドリック兄様が帰ってきてるんだって」

留守にしている母親の代わりに本の読み聞かせをしていた時のことだ。ソファに座るミレイアの隣で落ち着かなげに聞いていたジュールが、彼女が物語の締めの言葉を口にし終わったとたんにそう言った。どうやら読み聞かせの途中で思い出し、言いたくてウズウズしていたのをずっと我慢していたようだ。

けれど、弟の口から聞かされた名前に、ミレイアは平常ではいられなくなった。手から本がすべり落ちそうになって慌てて摑む。けれど、その手は小さく震えていた。心臓が痛いくらいに早駆けを始める。

「エイドリック……兄様が……？」

深呼吸をし、息を整えてようやく口から漏《も》れた言葉は自分の耳にも小さく掠《かす》れて聞こえた。けれど、今年ようやく七歳になったばかりのやんちゃ盛りの弟はいつにないミレイアの様子には気づかなかったようだ。うん、と元気よく頷《うなず》いて、無邪気な笑顔を浮かべる。

「父様が母様に言ってたよ。エイドリック兄様が王子様と一緒に帰国したって。都から昨日領地に帰ってきたって」

「……いつ、そんな話を……」

「朝食後、姉様がお庭を散歩するからってダイニングを出て行った後。それでね！　父様はエイドリック兄様が数日中にうちにも挨拶《あいさつ》に来るだろうって！」

――帰ってきた。あの人が。エイドリック兄様が。

「……そう、なの。……兄様、帰ってきたのね」

そう答えながら、けれどミレイアはジュールの言葉も自分の発した言葉もほとんど耳に入っていなかった。

思い出すのは柔らかなアッシュブラウンの髪と黒い瞳を持つ、端正な顔立ちの青年。貴公子と呼ぶにふさわしい落ち着いた物腰と、柔和な笑みを持つ、かつてミレイアの憧れだった人。いつだって甘い光を浮かべた目でミレイアを見守ってくれていた、兄のように慕っていた相手。だがその全ては二年前、砕け散ってしまった……。

最後に会った時のことが脳裏に蘇《よみがえ》り、ミレイアの背筋にゾッと冷たいものが走った。けれど、彼女はいつものように無理やりその光景を頭の中から追い払う。ジュールの手前、取り乱すわけにはいかない。いや、弟だけではない。両親にも、他の誰にもあの時自分の身に起こったことを知られてはならないのだ。

「兄様、いつ来るんだろう。早く来ないかな〜。帰ってきたら外国のお話してもらう約束なんだ」

嬉しそうに告げる、自分とそっくりのやや癖《くせ》のあるプラチナブロンドと明るいエメラルドの瞳を見下ろして、ミレイアはかろうじて平静を装って言った。

「そうなの。それは楽しみね。さぁ、読み聞かせの時間は終わりよ、ジュール。次は……乗馬の時間だったわよね？」

ジュールを、先生役の老馬丁《ばてい》にゆだねると、ミレイアは自室に戻り、崩れ落ちるようにベッドに腰を下ろして両手に顔をうずめた。

——エイドリックが帰ってきた。

いつかこんな日が来るとは思っていた。第二王子の留学期間は長くて二年だと言われていたのだから。覚悟はできているはずだった。けれど……彼が帰ってくると聞いただけでこんなにも動揺している自分がいる。

本当に彼が帰ってきたのであれば、おそらくジュールの言うとおりに数日中にはこの屋敷にも現れるだろう。いつだってそうだった。王都での社交シーズンを終えて領地に戻ってくれば彼は最初にこの屋敷に挨拶に訪れる。ミレイアやジュールにたくさんのお土産を持って。そんな彼の訪れを、ミレイアはいつも心待ちにしていた。……かつては。

「ジュール様、方向転換の時は行きたい方向の手を引くか、手綱を開くかして、馬に優しく合図をしてあげてください」

「うん！」

両手に顔を伏せるミレイアの耳に、馬の足音やジュールたちの声が聞こえてきた。彼女は顔を上げ、明るい日が差し込む窓にのろのろと目を向ける。

かつてミレイアも、エイドリックにあんなふうに一から優しく乗馬を教えてもらっていた。馬に乗ると、背の高い彼よりも視線が高くなることにとても新鮮な感じがしたものだ。

その時のことを思い出し、微笑もうとしていたミレイアの口元が不意に歪んだ。

でも、それももう過去のこと。あんなふうに馬上で彼を見下ろすことも、何よりも楽しみにしていた二人の馬での遠出も、もうない。

ミレイアは窓に向かって、弟には決して告げることのできなかった言葉を呟いた。

「……楽しみ？　とんでもない。苦しみの始まりだわ」

——なぜなら、二年前のあの日、誰よりも信頼していたはずのエイドリックは、ミレイアの純潔を無理やり奪っていったのだから。

第一章　遠き日の思い出と残された刻印

かつてミレイアにとって、エイドリックは兄――いや、全てともいえる存在だった。

ミレイアもジュールも彼を「兄」と呼んでいるが、エイドリックと血の繋がりはない。

彼はミレイアの実家であるジュスティス男爵家に隣接した領地を持つアルデバルト侯爵家の嫡男だ。

けれど身分の差はあれど、親同士の親交が深いことと、彼自身に兄弟がいないこともあって、年の離れたジュスティス家の姉弟を、まるで実の妹や弟のように可愛がってくれていた。特にエイドリックのミレイアに対する扱いは溺愛《できあい》そのものだと皆は口を揃《そろ》えて言う。

ミレイアは豊かに波打つ月の光を集めたような、淡く輝く金髪の持ち主だ。まるで宝石《エメラルド》のような瞳は大きく、細い鼻梁《びりょう》、ふっくらしたピンク色の唇、長い睫毛《まつげ》が影を落とす頬はシルクのように白く滑らかで、その繊細な顔立ちは精巧《せいこう》な人形を思わせた。とはいえそれは、田舎《いなか》の貧乏男爵の娘にしては整った顔をしているというだけで、侯爵家の跡取りとして王都で大勢の貴族の令嬢たちに接しているエイドリックは、ミレイアより遥かに美しく洗練された貴婦人たちをたくさん知っているだろう。にもかかわらず、彼は九歳も年下の彼女に対する溺愛心を隠そうともせず、まるでこの世で一番大事なものだといわんばかりに扱った。

エイドリックは彼女のつたない話も、ちょっとしたわがままもにこにこと笑いながら聞いてくれた。両親に叱られて落ち込んだ時も、どこで聞き及んだのか突然現れて慰めてくれた。九歳の時にジュールが生まれ、両親や使用人の関心が弟に移ってしまって少し寂しく思っていた時にも、傍にいて愛情をそそいでくれたのは、エイドリックだった。

『僕の小さなお姫様』

まるでおとぎ話の中の王子様のようなエイドリックに、その呼び方どおりにお姫様のように扱われ、甘やかされる。だからミレイアがまるで呼吸するのと同じくらい自然にエイドリックに傾倒し、依存していくのも当たり前のことだった。

『兄様、大好き！　私、エイドリック兄様のお嫁さんになりたい。そうすればずっと一緒にいられるでしょう？』

無邪気《むじゃき》に告げる幼い頃の自分の声が、ミレイアの耳に残っている。それに対するエイドリックの返答も。

『もっと大人になったらね、ミレイア。そうしたら僕のところにお嫁においで』

エイドリックにしてみれば、自分を慕ってくれる妹のような子供との他愛《たわい》ないやり取りだっただろう。けれど、その言葉はミレイアの心に深く刻まれた。

――早く大人になりたい。兄様のお嫁さんになれるように。

だから、勉強も作法も女性の嗜《たしな》みである裁縫も、人一倍頑張った。けれど、皮肉なことに大人になるにつれ、それが実現することのない儚《はかな》い夢だと知ることになる。

まだ社交界デビューをしていないミレイアは貴族が催《もよお》す夜会には出席できない。だが、婦人たちが昼間開くお茶会には招かれれば出ることができる。ミレイアも十二歳くらいからそれらのお茶会にも招かれるようになった。そこには、王都でも評判の貴公子であるエイドリックに近づこうとしてまるで相手にされない令嬢たちも招待されていて、エイドリック本人はもちろん侯爵夫妻にも娘のように可愛がられているミレイアをよく思っていない彼女たちはここぞとばかりに言葉の暴力を浴びせた。

『エイドリック様から少し可愛がられているからって調子に乗っているのではなくて？』

『たかが男爵家の娘のくせに』

『あなたのような身分の女はあの方のお傍にいるのにふさわしくないわ。さっさと離れなさいな』

彼女たちから寄せられる嫌味や罵倒《ばとう》にミレイアは傷ついた。けれど、彼女たちからの言葉だけであったなら、エイドリックと親しいミレイアに対する嫉妬《しっと》に過ぎないと思っただだろう。だが、既婚女性や年配の貴族夫人たちにもやんわりと『身を慎むべきだ』と諭《さと》され、しかもミレイアの知らないところで母親までもが自分のことで色々言われているのだと知った時、ミレイアは否応もなく悟らざるを得なかった。

自分が不相応な恩恵に与かっていること、男爵家の令嬢と侯爵家の跡取り、その間には純然たる身分の差という高い壁がそびえ立っていることを——。

それまでは身分の差というものを、分かってはいたけれど、本当の意味では理解してはいなかった。エイドリックに愛されて大切にされていることは知っていたので、彼の気持ちさえあれば、いつか約束したように彼の花嫁になれると無邪気に信じていた。後から思えば、なんと幼稚《ようち》だったのだろうか。

ある子爵夫人に言われた言葉がミレイアの頭からいつまでも離れない。

『あなたのお母様にも言っているのだけれど、侯爵家のあの方はわたくしたちとは立場が違うのよ、ミレイア。彼は侯爵家にふさわしい相手と結ばれ、あなたは家のために別の男性に嫁ぐことになるわ。今はまだ子供だから傍にいることを許されているけれど、いつかは必ずあなたと彼の道は分かれることになるの。それを決して忘れてはだめよ』

——いつかは必ずあなたと彼の道は分かれることになるの。

若い令嬢たちの嫌味や罵倒よりも、その諭すように言われた言葉が一番ミレイアを打ちのめした。

思えば、母親もこれまで何度も折を見て娘に分からせようとしていた。けれどそれは男爵家や自身の保身のためではない。いつか必ず娘が身分の壁にぶち当たり、失望することが分かっていたからだ。

『ミレイア。今は妹のように可愛がっていただいているけれど、エイドリック様は本当の兄様ではないの。いつまでも甘えていてはだめよ。身を弁《わきま》えることも覚えなくてはね』

けれど、ミレイアはその意味をこの時まで深く考えもしなかった。それこそが母親が案じていたことだったのに。

ふと思い出されたのは、かつてミレイアがエイドリックにお嫁さんにしてと無邪気にねだった時のことだ。ミレイアがあの発言をした時、実は彼女の両親と、そしてエイドリックの両親である侯爵夫妻もその場にいた。侯爵夫妻は微笑ましげにその様子を見守っていたが、ミレイアの両親のジュスティス男爵夫妻は慌てふためいて、彼女を諫《いさ》めようとした。

『ミレイア、あのね、それは……』

けれど、そんな母親の言葉を遮ったのは、当のエイドリックだった。手を上げるだけで母親を制し、両親の様子にキョトンとするミレイアに「大人になったら」とあの言葉を告げたのだ。その言葉に気を取られて、ミレイアの頭の中から両親の反応のことはすぐ消えてしまった。

だが、あの時点ですでに両親にとっては無邪気な子供が言うことだからと看過《かんか》できることではなくなっていたのだ。領地を接しているし、父親の幼い頃からの友人ということで家族ぐるみで親しく付き合いをさせてもらってはいるが、そこには身分の差が横たわっていることを誰よりもよく分かっているのは彼らだったからだ。けれど、これまでそれを強く娘に言うことがなかったのは、エイドリック本人がミレイアの願いを容認し、彼が周囲にもそれを暗に強《し》いていたからだ。だからミレイアは何の憂《うれ》いもなく彼の傍にいられた。そして彼女に優しい人たちのもと、咎められることもなくここまで来てしまった。

だが、それは本来容認されることではなかったのだ。まして結婚なんてとんでもない。本来であれば兄と呼ぶのもおこがましいのだ。悲しみと涙の中でミレイアは悟る。あの子爵夫人の言うとおりだ。今は妹のように可愛がってもらっているが、彼女とエイドリックは立場が違う。いつか必ず彼女とエイドリックの道は分かれてしまうだろう。

――私は兄様から離れた方がいいの？

皆が言うように、エイドリックにふさわしい身分ではない自分は離れるべきなのだろうか。だが、エイドリックの愛情に包まれて育ってきたミレイアにとって、彼から離れることは身を切られる以上に辛いことだった。

けれど結局、ミレイアは自分で決断することもなく、エイドリックから離れなくても済んだ。なぜなら誰よりもミレイアの心の機微《きび》に敏《さと》いエイドリックが、いつもと様子の違う彼女とその原因にすぐ気づいてしまったからだ。

『そいつらの言うことは気にしないで、ミレイア。単にやっかんでいるだけ。君は何も悪くない』

エイドリックはミレイアを自分の膝の上に乗せ、彼女の髪を撫《な》でながら慰めるように言った。

『それに彼らは間違っている。ミレイアが僕につきまとっているんじゃない。僕がミレイアを放せないだけだ』

かつては自分のことを「僕」と言っていた少年は、いつの間にか「私」になって、侯爵家にふさわしい青年になっていた。けれどミレイアと二人きりのときは以前と同じように「僕」という言葉を使う。自分が彼にとって特別なのだと思って嬉しかった。

この時の彼はもう二十歳を過ぎていて、健康を理由に役職を退き領地に引っ込んだ父親の侯爵に代わって社交を担っていた。王都では令嬢たちにとても評判がいいと聞く。それを聞いた時は「さすが兄様だわ」と鼻高々になったミレイアだったが、今となってはそのことさえも自分には手の届かない人なのだという証みたいに感じていた。

――大好きな「兄」のようなエイドリックは、もう大人で、貴公子で、自分には遠い人なのだ。

それにミレイアは気づいてしまった。子供の思考のままでは気づけなかったことが、非難され、指摘されて、冷静な目で自分やエイドリックを見られるようになって分かってしまった。自分たちが周囲にどのように見えているのかも。いつかは彼の手を放さなければならないことも……。

俯いて悲しみに沈み込み、決して目を合わせようとしないミレイアに、エイドリックは辛そうに尋ねた。

『ミレイア、僕のことが嫌いになったかい？　……いや、君を悲しませる原因となったのだもの、避けられて当然か……』

『まさか！』

その言葉にミレイアははじかれたように顔を上げた。確かにエイドリックのことで色々言われてはいるが、嫌だと思っているのは彼にふさわしくない自分であって、決してエイドリックではない。彼はミレイアの大切な人だ。大切な……「兄」だ。

『エイドリック兄様を嫌いになるなんてことは絶対ないわ！』

愁いを帯びた表情を浮かべていたエイドリックはその言葉にホッと表情を緩ませた。

『そう。なら、ミレイア。僕から離れていかないで、傍にいてくれないか？　……君はね、僕の宝物なんだ。彼女たちと違って、君は僕を〝侯爵家の跡取り〟としてではなくて、エイドリックとして見てくれる。君が純粋に慕ってくれることが、どれほど僕にとって大切なことなのか、彼らはまったく分かってないんだ』

『エイドリック兄様……』

切なそうに自分を見つめるエイドリックに、ミレイアは思わず片手を伸ばしてその頬に触れた。そうせずにはいられなかった。

自分が大切にされているのは分かっていたが、まさかそんなふうに彼が思ってくれているなんて……。

エイドリックはその彼女の手に自分の手を重ねると、優しく言った。

『彼女たちのことは、任せて。二度と君に悲しい思いなどさせないようにするから』

『え？　どうやって？』

ミレイアは目を見開く。彼女たちはエイドリックの近くに身分の低いミレイアがいるのが気に食わないのだ。そんな人たちをどうやって……？

けれどエイドリックはそれには答えずに、もう片方の手でミレイアの頬に触れながら言った。

『大丈夫。心配ない。ねぇ、ミレイア。僕が君に嘘を言ったことがあるかい？』

ミレイアはしばし考えてから首を横に振った。そう。今までエイドリックがミレイアに嘘をついたことはない。彼が大丈夫だと言ってそうならないことはなかった。だから今度のことも彼に任せればきっと……。

ミレイアのその考えを読んだかのようにエイドリックは彼女の小さな身体をぎゅっと抱きしめ、その頭のてっぺんに愛おしそうに唇を押し当てて囁《ささや》いた。

『大事な、大事なミレイア。僕から離れていかないね？』

ミレイアはエイドリックの温かな体温に包まれ、この腕を失くさないでいられることに安堵しながら、頷いた。

——後から考えれば、この時エイドリックから離れるべきだったのだ。だがミレイアは深く考えもしないで、エイドリックの傍にいることを受け入れてしまった。

エイドリックの言うとおり、その日を境に、令嬢たちや夫人たちからの嫌味が止んだ。お茶会の席で一緒になっても、誰もミレイアの前でエイドリックのことは口に出さなくなった。ただ、ミレイアに関わらないように遠巻きにしているだけだ。おそらくエイドリックが何か言ったかやったかしたのだろう。けれど、彼女たちがミレイアのことを認めているわけではないのは、令嬢たちの目で分かる。悔しさが混じった険《けん》のある視線が常にミレイアを追っていた。

ミレイアはそれが苦痛で、ほとんどお茶会に出席しなくなった。お茶会にはエイドリックに気があるわけでもない令嬢や、同じ年くらいの貴族の子弟も招かれていたが、ミレイアに近づく者はなく、ついぞ友人と呼べる相手もできなかったため、彼女に未練はなかった。

こうしてミレイアの世界は広がることなく、元のまま、家族や使用人たち、それにエイドリックだけになった。両親は心配していたようだが、彼女はそれで満足だった。元々引っ込み思案な性格だったし、同姓の友人が欲しいと思ったことも少しはあるが、何かあればエイドリックに相談すればよかったので、特に寂しいと思うこともない。最近では弟も言葉をどんどん覚えてくるようになったので、そのうち話し相手にはこと欠かないようになるだろう。

そう、ミレイアの日常は元のままだ。優しいエイドリックの庇護のもと、彼女はぬるま湯に浸かっていればよかった。つらいことや悲しいことがあれば、彼を頼れば全てうまくいった。……でも、そうして元通りになったように見えても、ミレイアの心の中は前と同じではなかった。

——自分はエイドリックの傍に立つのにふさわしくない。

それを忘れたことはない。分かっていながら、ミレイアはその思いに目と耳を塞《ふさ》いでエイドリックの傍にいることを選んだ。……けれど、とミレイアは思う。今だけだから、と。

エイドリックはきっとそのうち、ミレイアではない侯爵家にふさわしい相手を選んで結婚するだろう。そうなったらもう彼はミレイアに係《かかず》らう時間はなくなる。彼の妻だって、ただ領地が隣というだけの、身分の低い男爵令嬢が夫の傍をうろつくのは許さないだろう。だから、彼が結婚したら自分はそっと彼から離れよう。そう心に決めていた。

それはそんなに遠い話のことではないだろう。エイドリックはもう立派に成人している。王都の貴族女性たちにとても人気があると聞くし、ミレイアの父、ジュスティス男爵によれば、その手の話もたくさん舞い込んできているらしい。エイドリックがその中から伴侶《はんりょ》を選ぶのは時間の問題だった。……けれど、ミレイアが恐れていた報《しら》せは一向に耳に届いてこなかった。もちろん、夜会で誰それの伯爵令嬢や公爵令嬢を伴って現れたという噂は絶えず、そのたびにいよいよかと暗い気持ちで覚悟をしたものだが、ミレイアの予想に反してエイドリックは誰も娶《めと》ろうとしなかった。ミレイアは安堵と仄暗《ほのぐら》い喜びに浸る。

——神様、もう少し、もう少しこのまま……。

……そんな勝手なことを願っていた罰だったのかもしれない。

気がつくとエイドリックの傍にいると決めてから四年近くの歳月が経っていた。二人は今までと変わらず「兄妹」のような関係を続けていたが、その間、元々成人していたエイドリックと違い、ミレイアは子供から少女へ、そして大人へと確かに成長していた。人形のような繊細な顔立ちはそのままに、丸みを帯びて、華奢ながらも柔らかなラインを描くその身体は、少女という域を脱し、これから女性として花開く一歩手前という風情《ふぜい》だった。

エイドリックも会うたびに成長著《いちじる》しい彼女の姿に目を細める。

『ミレイア。君はどんどん綺麗になっていくね。眩《まぶ》しいほどだ』

その言葉に嬉しそうに頬を染めるミレイアを見つめるエイドリックの目は、蕩《とろ》けるような甘さを含んでいた。でもそれはいつものことだったから、そこに欲が含まれていたことに、ミレイアは気づくことはなかった。

周辺の貴族はおろか、あんなにミレイアを諭していた母親はいつの間にかエイドリックとの仲については何も言わなくなっていて、彼の結婚相手のことを除けばミレイアの世界はこのまま変わらないかに思えた。けれどある出来事を境にミレイアの小さな世界は崩壊を迎える。

――最初のきっかけは彼女が十六歳になったことだった。

この国の貴族女性は十六歳になれば社交界デビューをして貴族宅や王城で行われる催しに参加できるようになる。と同時にそれは結婚適齢期の証でもあった。社交界デビューを果たした女性は、夜会や舞踏会に参加してより良い相手を探そうとするし、親のもとには結婚話が持ち込まれるようになる。そしてその中からもっとも家に有益な相手が選ばれ、嫁いでいくのだ。それは貴族女性の義務であり、ミレイアも貴族の端《はし》くれとして逃れることはできない宿命だった。

「あなたの社交界デビューの準備をしなければね」

十六歳になったその日、母親が嬉しそうに告げた言葉で、ミレイアはエイドリックの傍にいられるタイムリミットが近づいてきているのを悟った。

エイドリックから離れなければならなくなる要因は何も彼の結婚ばかりではない。ミレイア自身の結婚が決まれば、もう彼とこんなふうに過ごすことは許されなくなる。エイドリックの結婚の方が早いだろうとその可能性から目を逸らしていたミレイアは、目の前に突きつけられた現実を受け入れざるを得なくなった。

――エイドリックから離れる時が来たのだ。

胸の痛みと共に、ミレイアは決断した。これが四年前だったら受け入れることを拒否したかもしれない。できるだけ自身の結婚を延ばしてエイドリックにしがみつこうとしていたかもしれない。けれど、身体の成長と共にミレイアの心も少しずつ成長していた。いつしか必ず訪れる別れ。その心の準備を四年かけて行ってきたのだ。……だから、大丈夫。

――もう、十分でしょう……？

ミレイアは己に言い聞かせ、エイドリックに慈《いつく》しまれ守られてきた世界から出て、自分にふさわしい人生を歩むために、少しずつ彼から離れる決心をした。

折しも、彼女が十六歳になった直後、第二王子マリウスの留学の話が急に持ち上がり、エイドリックは国王直々に付き添い兼お目付役に任命され、この国を離れることが決まった。少なくとも二年近く留守になり、ミレイアは彼に会うことができなくなるのだ。

　これは神様のおぼしめしかもしれない。ミレイアはエイドリックの留学の話を父から聞いた時、そう思った。貴族女性は社交界デビューをしてからだいたい数年のうちに結婚をすることが多い。ミレイアもおそらくそうなるだろう。二年は長い。エイドリックが留学している間にミレイアは社交界デビューをして、そして帰ってきた時には結婚をしているかもしれないのだ。でも、それでいい。それが正しい姿だ。

　だからこれはきっとミレイアが「兄離れ」するために与えられた機会なのだ。エイドリックがいない間、自分は一人で生きていくことを覚え、男爵家の令嬢としての運命に従おう。

　そう心に誓ったミレイアは王都の別邸で準備に奔走しているエイドリックに宛てて、いってらっしゃいの手紙を書いた後は、彼が留学の挨拶に男爵家を訪れた時も具合の悪さを理由に会おうとはしなかった。両親はエイドリックが外国へ行ってしまうので拗《す》ねていると思ったようだが、それは違う。ミレイアはエイドリックから少しずつ離れることを始めただけだ。だが、そう決めたものの、エイドリックがミレイアにと置いていった首飾りを見て心が揺れるのはどうしようもなかった。

　それは小さな宝石がちりばめられた銀細工の首飾りで、小鳥をモチーフにしたものだった。ミレイアは小さい頃、エイドリックから誕生日のお祝いに美しい鳥籠《とりかご》に入った小鳥を贈られたことがある。青とも緑ともつかない不思議な羽の色を持つその小鳥はとても人懐っこく、小さくつぶらな瞳とその愛らしさにミレイアはいっぺんに夢中になった。しかも大好きなエイドリックから贈られたものだ。毎日自分で世話をして、とても大切に育てていた。けれど小鳥の寿命は短く、五年くらいで儚く逝《い》ってしまった。ミレイアはひどく悲しんで泣いた。慰《なぐさ》めに来たエイドリックの「また小鳥を贈ってあげる」という言葉も断ったくらいだ。彼の言うことをほぼ無条件で受け入れてきたミレイアには滅多にない拒絶だった。だけどたとえエイドリックから新しい小鳥を贈ってもらっても、あの子の代わりになるとは思えなかったし、そもそも失くした嘆きが大きすぎて新しい小鳥が欲しいと思えなかったのだ。

『君に愛されて、あの子も幸せだったに違いないよ』

泣きながらたどたどしく小鳥への思いを伝えるミレイアにエイドリックはそう言って微笑み、次に訪れた時にあの小鳥を描いた絵を贈ってくれた。それ以来、エイドリックから贈られるものに鳥をモチーフにしたものが多くなったのは、あの小鳥の件があるからだろう。今回もきっとミレイアが喜ぶと思ってこの首飾りを選んでくれたに違いない。

ミレイアは首飾りを手にしながら涙を零した。彼恋しさに胸が詰まる。会いたくて、顔を見たくて、声を聞きたくて。彼から離れる決心まで鈍ってしまいそうになる。……けれど、ここで会ってしまったら、おそらく自分はまた同じことを繰り返す。彼を失いたくなくて、その優しさに縋って、きっと彼の帰りを待つようになる。その先に希望などないことが分かっていながら。

「『兄離れ』をするのでしょう、ミレイア？　これだけのことで恋しくなるなんて、この二年間どうするの？」

そう自分に言い聞かせる。けれど、二年間どころか、この先ずっとエイドリックなしで生きていくことを思うと、心細いどころか何かが胸に詰まり、うまく息もできなくなる気さえしてしまう。自分はいつの間にこんなに彼に依存するようになってしまったのだろうか？　彼の傍にいられないことは十分わかっていたはずなのに。

「兄様……」

ミレイアは首飾りを胸に抱きしめて、会いたいと思う気持ちを抑えつけようとした。

けれど、時間が経てば経つほど、会いたいと思う気持ちは募る。恋しくなってしまう。そしてとうとう誘惑に負けて、最後だけ、と言い訳をして彼に会いに行くことにした。せめて、無事にいってらっしゃいと挨拶だけはしたいと思ったから。

翌朝、ミレイアは早く起きて乗馬服に着替えると、厩舎に向かった。エイドリックは領地に帰ってくると早朝に馬を駆ってジュスティス男爵領との境にある川辺を散歩する。実はそれが分かっていたから彼と馬を並べて一緒に走りたいと思い、ミレイアは乗馬を習い始めたのだ。両親はもちろん反対した。男性が馬に乗れるのは当たり前だが、女性が——特に貴族女性が単独で馬に乗ることは一般的ではないし、落ちて怪我でもしたら大変だからだ。だが、結局二人が折れたのは、エイドリックが賛同してくれたからだ。彼は両親を説得し、それどころか自分が教えるとまで言ってくれた。エイドリックと一緒に過ごしたいがために馬に乗りたかったミレイアとしては願ったり叶ったりだ。こうして一人で遠出をしないことを条件にミレイアはエイドリックに馬を習い、彼が領地にいる時はよく二人で待ち合わせて早朝の散歩に出かけた。きっと今日もエイドリックは馬で出てきているに違いない。

厩舎に入ると、長くジュスティス男爵家に仕えてくれている老馬丁ではなく、彼の補佐として一月前に雇われた青年が厩舎の掃除をしていた。彼はミレイアの姿を見かけると帽子を取って頭を下げた後、声をかけてきた。

「おはようございます、お嬢様。早朝の外乗りですか？」

「おはよう。ええ。少し散策に出かけてくるわ。私の馬は出せる？」

「はい」

ミレイアの馬は大人しい性格の栗毛の雌馬だ。これもエイドリックが彼女のために見つけて贈ってくれたものだ。馬は自分の主人に気づき、さっきからしきりに足踏みをしてアピールしている。ミレイアは笑みを浮かべて雌馬に近づくとその鼻づらを撫で、それから柵を外して馬とともに出入り口へ向かった。けれど扉を出ようとしたところで若い馬丁に呼び止められる。

「あ、お嬢様。お嬢様はどちらに行かれるご予定ですか？」

「南の領境の川だけど……」

なぜ今更聞かれるのかと首をかしげながらミレイアは答える。だがこの馬丁が雇われて一か月しか経っていないことを思い出して納得した。エイドリックがここしばらく王都で留学の準備に追われて領地に戻ってこなかったため、ミレイアも朝の散歩に出かけることはなかったのだ。彼女がいつも行く場所を彼が知らないのも当然だ。

ミレイアの答えを聞いて、馬丁は目を丸くして言った。

「南ですか。でも南に出るのでしたら、西の森を迂回《うかい》した方がいいですよ。数日前に降った雨で南側の用水路が増水して橋がいくつか流されてしまったそうです。領民たちが修理を始めているようですが、修復にはもう数日ほどかかるそうですよ」

「まぁ！」

確かに数日前、大雨が降ったことは記憶に新しい。父は橋のことは何も言ってなかったが、屋敷に引きこもっていた娘には関係ないと思ったのかもしれない。

「分かったわ。ありがとう。西の迂回路を通ることにするわ」

「そうしてください」

ミレイアは頷くと馬を連れて厩舎を出て、門に向かった。迂回路を進むとなるといつもより時間がかかり、エイドリックはミレイアが来ないものと思って引き返してしまうかもしれない。そんな焦燥感《しょうそうかん》で頭が一杯だったために、若い馬丁が奇妙な笑みを浮かべてミレイアを見送っていることに、そして、屋敷を出て行った彼女と入れ替わるように、南側から・・・ジュスティス男爵邸を訪れた一団があることに気づくことはなかった。

ジュスティス男爵家のすぐ西側には緑深い森が広がっている。普段領民が獣を狩ったり、木の実を取るために森に入ることはあるが、今の季節は森の恵みは少なく、訪れる者も少なかった。ミレイアは人気《ひとけ》のない薄暗い森の道を南に向かって馬を走らせていた。

早く早くと心は焦る。だが、数日前に降った雨のせいで森の道はぬかるんでいる。こういう時に無理に馬を疾走《しっそう》させても、足を取られて危険だということをエイドリックに叩き込まれていたので、慎重に進めるしかない。手綱を引いて全力疾走をしたくなる気持ちを抑えて、ミレイアは森の道をゆっくり進んだ。そうしてあと少しで森を抜けるという時のことだった。

不意に前方の道を塞ぐ馬があることに気づいてミレイアは馬の速度を落とした。前方の馬は三頭いて、その上には領民とは思えない粗野《そや》な風貌《ふうぼう》の男たちが乗り、完全に道を塞いでいた。男たちはミレイアの姿に気づいて、にやにやと笑っている。領主である男爵一家と領民の仲は良好で、この付近の領民のほとんどと面識があるミレイアだが、道の先にいる男のどの顔にも見覚えはなかった。

あの人たちはこんな場所でいったい何を……？　道を塞いで、まるで何かを待っているかのような……。

嫌な予感を覚えて、ミレイアは馬を止めた。そして戻ろうと馬首を返したところで、ハッとする。木々の間から更に馬に乗った二人と、馬の手綱を手にした一人の男が現れ、元の道も塞いでしまったのだ。

ミレイアの背中に冷たいものが走る。心臓の音がドクンドクンと胸を突き破りそうなほど鳴り響いていた。彼らの目的が自分であると分かったからだ。

ミレイアの怯えを感じ取って、馬が落ち着きなく足踏みをする。ミレイアは震える手つきで馬の首を撫でて落ち着かせようとする一方で、前と後ろを見返した。

——どうしたら、どうしたら、いいの？

どちらの方向も道が塞がれていて、行くことも戻ることもできない。男たちはミレイアを取り囲んでおり、しかもどんどんその包囲網が狭まってくる。

前方で道を塞いでいた男たちの一人が前に進み出て口を開いた。

「逃げようとしても無駄だ。お嬢さん、あんたには俺たちと一緒に来てもらうぜ」

どうやらこの男がリーダーらしい。他の比較的若い男たちに比べて、十歳以上年上に見えた。

「……あなたたちは何者？　何が目的なの？」

震える声で問う。男たちは粗末ながらも武装をしていた。腰には剣を差し、皮と銅のようなもので作られた胸当てを身に着けている。けれど、決して兵士や騎士が身に着けているような立派なものではない。どう考えても夜盗や物盗りの類《たぐい》だ。

リーダーらしき男はミレイアの言葉を無視して下卑《げび》た笑みを浮かべて言った。

「まったくようやくだぜ。じっと待つのは飽き飽きしていたが、ようやくこれで大金を手にすることができる」

「これでしばらくは遊んで暮らせるな、お頭」

お頭と呼ばれる男の隣にいた若い男がにやりと笑う。

「ああ、こんなに実入りのいい仕事は滅多にねえや」

お頭は同じようににやりと笑うと、馬を進ませる。それに合わせて周囲の男たちが動き、ミレイアの包囲網を更に狭くする。

「大人しくしているなら悪いようにはしねえよ、お嬢さん。生きたまま連れて行かないと意味がないしな」

大金。実入り。生きたまま連れて行く。ミレイアは怯えながらも、男たちの言っていることを何とか咀嚼《そしゃく》する。どうやら男たちはこの場で危害を加えるのではなく、ミレイアをどこかに連れて行こうとしているらしい。お金のことを言っていることから、身代金でも要求するつもりなのだろうか。確かに王都では裕福な商人や貴族の子弟をかどわかし、身代金を要求する誘拐事件が起こっているとエイドリックから聞いたことがあるが、まさかこんな田舎で、しかも貧しい男爵家が狙われるとは思いもしなかった。

……こんなことなら、早朝馬を駆るなんてことをしなければよかった。若い馬丁から南側の橋が落ちたと聞いた時に取りやめにすればよかったのだ。だが、後悔してももう遅い。男たちはますますじりじりとミレイアへの包囲網を狭めていく。たとえ声を張り上げたとしても、こんな人気のない森では助けなど望めない。そしてだからこそ男たちはここを選んだのだろう。けれど、ミレイアは心の中で助けを呼ばずにはいられなかった。

——エイドリック兄様……！

こんな時ミレイアが思い浮かべるのはただ一人。危機の時、必ず助けてくれる存在だった。だが、ここにはエイドリックはいない。今頃は、いつもの場所に現れないミレイアを待つのを諦めて屋敷に帰ってしまっているかもしれない。

こんなことなら、昨日会っておけばよかった……。

恐怖と怯えに染まった心に悲しみが押し寄せる。と、不意に後ろから腕を引かれて、ミレイアは無理やり馬から引きずり落とされた。前の男たちに気を取られている間に、馬に唯一乗っていなかった男が後ろから忍び寄っていたのだ。

「きゃあ！」

すぐにその男の腕に捕らわれたため地面に落ちずに済んだが、それだけだ。馬から落とされてしまったことで、振り切って逃げ出す手段が絶たれたのだから。

「いやっ、放して！」

ミレイアはショックで一瞬硬直したものの、すぐにもがいて逃れようとした。けれど男の腕は鋼のようでびくともしない。

「いやぁ！」

「大人しくしろ！」

悲鳴を上げるミレイアの口を男の手が塞いだ。エイドリックや家族以外の男に顔を触れられたことに嫌悪感で肌が粟立《あわだ》つ。

その時だった。ミレイアの耳に、かすかに馬の足音が聞こえた。それを聞いたのはミレイアだけではないようで、彼女を抱えている男も、そして馬上の男たちもハッと顔を上げて、その音が聞こえる方に視線を向ける。その音はミレイアがやってきた方向から聞こえてきていた。森の静寂を切り裂くかのような音はどんどん大きくなっていく。

「何か来るぜ。一つじゃねえ」

馬上の男の一人が言った。その言葉のとおり、駆けてくるその馬の足音は一つではなく、複数だった。お頭と呼ばれていた男がミレイアを拘束している男に指示する。

「女を馬に乗せろ。早いところ、この場から移動した方がよさそうだ。お前たちも手伝え」

お頭が他の男に顎をしゃくると、二人の男が馬から下りてミレイアの方にやってくる。けれど、ミレイアは誘拐犯たちの方ではなく、近づいてくる馬の足音の方に気を取られていた。なぜだか分からないが、あの聞こえてくる馬の足音の一つが、ミレイアが待ち望んでいるもののような予感がしたのだ。

「っ、きゃあ！」

不意に身体が持ち上げられた。ミレイアを拘束していた男が肩に担ぎ上げたのだ。そして手綱を引いて待つ別の男の方に移動していく。どうやらミレイアをあの馬に乗せようとしているらしい。

「放して！」

ミレイアは男から逃れようと顔を上げた。すると、森の道に姿を現したそれらが目に入った。

「ミレイア！」

大きな足音を響かせながら疾走する一団の先頭には、柔らかなアッシュブラウンの髪を持つ青年。ミレイアの待ち望んでいた人だ。

「兄様！　エイドリック兄様……！」

――助けに来てくれた……！

どっと安堵の気持ちが押し寄せる。もう大丈夫だと思った。エイドリックが来てくれたのだから、何もかも大丈夫だと。

「ヤバイ、逃げるぞ！　その女を早く乗せろ！」

お頭が焦った顔でミレイアを抱える男に檄《げき》を飛ばす。――その時だった。ヒュンと空気を切り裂く音がして、手綱を取るお頭の腕に一本の矢が突き刺さった。間をおかずに再びヒュンという音が響き、今度はミレイアを抱えていた男の背中に突き刺さる。

「きゃあ！」

射られた男はミレイアもろとも地面に倒れた。男を下敷きにしたため、幸い地面に激突することはなかったが、男はミレイアの下でピクリとも動かなくなった。

「ぐあああ！　くそぅ！」

お頭がうめき声を上げて、馬の上で腕を押さえる。

エイドリックの後ろには立派な甲冑《かっちゅう》を身につけた兵士たちがいて、そのうちの一人が馬上で弓を射ったのだ。疾走する馬の上からだったにもかかわらず、その腕は恐ろしいまでに正確で、彼らがただの下級の兵士ではないことが見て取れた。

「ミレイア！」

ミレイアたちのすぐ近くまで来たエイドリックが馬を飛び降りる。と、男たちの一人が剣を手にエイドリックに切りかかっていくが、彼はそれをすっと避けると、自身の腰に佩《は》いた剣の抜きざまに、男を切り伏せた。エイドリックに少し遅れて兵士たちが到着し、応戦しようと剣を抜いた誘拐犯たちとたちまち戦闘になる。けれど、所詮ゴロツキの集まりである男たちと、厳しい訓練を重ねてきた兵士たちとでは実力が違った。あっという間にエイドリックと兵士たちはその場を制圧し、誘拐犯は地面に倒れて血を流しているか、お頭のように縄でぐるぐる巻きにされて捕縛されているかのどちらかになった。それは時間にしたらきっと数分の出来事だったに違いない。

ミレイアは倒れ伏した男の上に座り込んでそれを呆然と見つめていた。男爵とはいえ貴族の令嬢として生まれたミレイアは、周囲に、とりわけエイドリックに守られて生きてきた。剣の練習ならともかく、本気で命をかけて戦っている場面など見たことがなかったのだ。ここには血の匂いと、そして死の匂いがしていた。自分の下敷きになっている男はピクリとも動かない。あの矢はもしかしたら背中から心臓を射抜いたのかもしれない。だとしたらこの男はもう……。

どかなくては。そうは思っても少しも身体が動かなかった。

「ミレイア」

エイドリックは兵士たちに指示した後、ミレイアの傍までやってきてそっと抱き起こした。

「ミレイア、怪我はないかい？」

「エイドリック……兄様……？」

ミレイアはのろのろと顔を上げてエイドリックを見た。

そこに心配そうに自分を見つめる黒い瞳を見つけて怯えた心が解けていくのを感じた。

エイドリックはミレイアを見下ろし怪我がないことを確認するとホッと安堵の息を吐いた。

「よかった無事で」

ミレイアを胸に抱きしめる。

その体温を感じながらミレイアは目を閉じ、湧き上がる安堵と喜びに身を浸しながら、ゆっくりと意識を手放した。


次にミレイアが目を覚ました時、彼女は自室ではないベッドに横たわっていた。身体を起こして、不思議そうに周囲をキョロキョロと見渡す。

「エイドリック兄様の……部屋……？　じゃあ、ここは侯爵家？」

彼の部屋には侯爵家を訪れた時に何度か入らせてもらったことがあるので覚えがあった。白と水色を基調としたすっきりした内装に、品のよさそうな落ち着いた色合いの調度品。けれど、部屋はミレイアの私室よりも倍の広さがあり、シンプルに見えるその調度品は実はとても高価なものであることをミレイアは知っている。ここは彼の部屋で間違いはないようだ。

だが、なぜ自分はこんなところで眠っているのだろう？

気を失う前のことは鮮明に覚えている。誘拐されそうになって、エイドリックと彼の連れていた兵士たちに助けてもらったのだ。エイドリックの腕の中で恐怖と緊張から解き放たれ安堵した直後、気を失ってしまったことも分かっている。けれど、どうして男爵家の自分の部屋ではなくて、エイドリックの部屋にいるのだろう？　あそこからならミレイアの実家の方がここより遥かに近いのに。それに、あのならず者たちをエイドリックはどうしたのだろう？

次から次へと疑問が湧いてきて、ミレイアはエイドリックを探しに行こうと上掛けを剝《は》いだ。そこで、自分の姿にようやく気づく。意識を失う前に身に着けていたはずの乗馬服の上着は羽織っておらず、呼吸しやすくするためだろうか、シャツの胸元のボタンもいくつか外されて襟ぐりからレースのシュミーズが覗いていた。

これはエイドリックがやってくれたのだろうか、それとも使用人が……？

ミレイアはほんのり頬を染めた。いずれにしろ貴族の娘が他人の前で肌を見せるのは、はしたない行為とされる。ミレイアはボタンを首元までしっかり留めると、エイドリックを探しに行こうとベッドを降りようとした。だが、床に足が着かないうちに扉が開き、水差しとワインの瓶が載ったお盆を手にしたエイドリックが姿を現した。彼はベッドを降りようとしているミレイアに気づくと、足早に近づく。

「だめだよ、ミレイア。君は気を失っていたんだ。ベッドで大人しく横になっていないと」

彼はベッド脇のテーブルに持っていたお盆を置くと、その手で今度はミレイアの身体を掬《すく》い上げてベッドに戻す。ミレイアは大人しく従っていたものの、エイドリックの手が次に上掛けを引き寄せようとするのを見て慌てて言った。

「エイドリック兄様、私は大丈夫です。それより聞きたいことが……」

けれど、エイドリックはその言葉には答えず、上掛けをミレイアの下半身に被せると、今度はクッションや枕を手にとってベッドの背もたれに積み上げ、そこにミレイアの背中をもたれさせた。どうやら身を起こすのは許してもらえたようだ。

「これで大丈夫かな、僕の姫君？」

エイドリックは、積み上げたクッションと枕の山に上半身を沈ませているミレイアに、いたずらっぽく笑って言った。

「はい……」

ミレイアは恥ずかしそうに頬を染めながら頷く。そんな彼女を見下ろすエイドリックの目に一瞬だけ情欲の炎が浮かび上がったが、ミレイアがそれに気づくことはなかった。

ミレイアはエイドリックに水差しの水をコップ一杯入れてもらい、それを飲み干して一息ついた後、姿勢を正し、一番尋ねたかったことから聞いた。

「エイドリック兄様、兄様はどうしてあの場へ？　それにあのならず者たちはどうなったのですか？」

冷静になって考えてみれば、疑問に思うことは多い。彼はなぜあんなにタイミングよく来ることができたのだろう。それにミレイアが来た方角から後を追うように現れたのも不思議だ。

エイドリックは傍にあった椅子を引き寄せ、それに腰かけながら答えた。

「まずあの無法者たちだけど、彼らのことは心配いらない。一人残らず身柄を押さえてあるから、もう二度とミレイアを脅かすことはないよ」

彼がこう言うのなら、あのならず者たちはミレイアの前に姿を現すことはないだろう。

ミレイアはホッと安堵の息を吐く。けれど、その次にエイドリックが言った言葉に衝撃を受けた。

「君の家……ジュスティス男爵家に最近雇われた馬丁も拘束してある」

「……え？」

ミレイアは弾かれたように顔を上げた。あの馬丁が？　なぜ？

エイドリックはいつもの柔和な表情ではなく、珍しく厳しい顔をして断罪するように告げた。

「あいつは君を売った。許しがたい行為だ。この報いは必ず受けさせる」

「私を……売った？」

どういうことだろうか？　戸惑う彼女の様子にエイドリックはふっと表情を緩ませた。

「純真な君には思いもよらないことだろうね。でも、そうなんだ。あいつはならず者たちに買収されて、君をわざとあいつらが待ち伏せをしている西の森の方へ行くように仕向けたんだよ。南側の橋は一つも落ちていない。現に僕はいつものように南の丘陵《きゅうりょう》地帯の道を通って男爵邸に行った」

「橋は落ちてない……」

ミレイアは頭を殴られたような衝撃を覚えた。だが、確かに領主である父もそんなことは言っていなかったし、ミレイアも橋の状況を直接目にしたわけではない。それなのに自分はやすやすとあの馬丁の言うことを信じて森の方へ向かってしまったのだ。

エイドリックに会うために、ミレイアが時々馬で出かけることは周知の事実だ。それ以外では単独で出かけることがない彼女を攫《さら》うつもりならその時を狙うのが一番いい。けれど、いつも通る南の道はなだらかな丘陵地帯にあって、彼らが待ち伏せできる場所は少ない。しかも、農作業をする領民も朝早くから畑や水田に姿を現すので、そこで攫うには人目につきやすいのだ。だから彼らは人目につきにくく邪魔の入らない森で待ち伏せし、ミレイアをそこへ誘導するために馬丁を買収したのだろう。

「なんてこと……」

ミレイアは両手に顔をうずめた。雇われたばかりで忠誠心も薄かっただろうということは想像に難くないが、彼女は家で雇っている家族同然のはずの使用人に騙され売られるところだったのだ。それは優しく善良な人たちに囲まれて育ったミレイアにとってはかなりの衝撃だった。エイドリックはそんな彼女の頭を慰めるように優しく撫でる。

「悲しまないでミレイア。こんなことは二度と起こさせないから。君は安心して今までどおり過ごせばいいいんだよ」

「……はい」

ミレイアは小さく頷いた。男たちに囲まれた時のことを思い出すと恐ろしさに身体が震えそうになる。けれど一方で、心の中は悲しみで一杯だった。馬丁のことだけではない。ミレイアを守ろうとしてくれるこの優しさも、頭を撫でるこの手ももうすぐ手放さなければならないと知っているからだ。

「それと僕があそこへ行ったのは、簡単な理由だ。挨拶回りを予定より早く切り上げることになったので、ミレイアに会いに行ったんだよ。けれどあの馬丁は、入れ違いで君はもう出かけたと言った。だが、それなら僕とすれ違ってもおかしくないだろう？　それで不審に思ってあいつを問い詰めて吐かせて、慌ててミレイアを追いかけたんだ。……本当に間に合ってよかった」

ミレイアは顔を上げた。だが、それはあの場にエイドリックが現れた理由を聞いたからではない。彼が予定を早く切り上げることになったと言ったからだ。

マリウス王子の付き添いとして留学するエイドリックが、今回忙しい準備の合間をぬって領地に帰省したのは、交流のある周辺の貴族たちへの挨拶回りをするためだ。一日や二日で全部回れるものではないので、もう少し長くいられるのかと思っていたのに、早々にここを離れて王都に向かわなければならないらしい。

もしかしたら、こんなふうに親しく話せるのもこれが最後かも。そう思うと胸がつぶれそうになる。

そんな思いを抱いてエイドリックを見ていたからだろうか、彼はミレイアが怯えているものと思ったらしく気遣わしげな表情になった。

「かわいそうに。誘拐されそうになるなんて、君にはショックだっただろう。ましてや家《け》人《にん》が関わっていたなどと。ワインを持ってきたから、気つけ薬の代わりにほんの少しだけ飲んでおくといい」

そう言って、彼は持ってきたワインを小さなグラスに注いで、ミレイアに差し出した。グラスからワイン独特の葡萄の香りが立ち上り、ミレイアの鼻腔をつく。

「いえ、私は……」

ミレイアは断ろうと思った。彼女はお酒に弱い。ほんの少しの量でも、すぐに酔ってしまうのだ。

けれど、今はそのお酒の力が必要なのかもしれない。ほろ酔いになって何も考えられなくなれば、この胸の痛みを忘れることができるかもしれない。

「では、ほんの少しだけ……」

ミレイアはグラスを受け取り、ほんの二口ほどワインを含んだ。芳醇《ほうじゅん》な香りを放つその液体が喉を通り過ぎるそばからカッと熱くなり、その熱が瞬く間に全身に回り始める。飲み終えたミレイアが空になったグラスをエイドリックに渡した時にはすでに彼女の頬はほんのり赤く染まっていた。それを見てエイドリックは苦笑する。

「少し強すぎたかな？」

「だ、大丈夫」

全身に心地よい熱が広がっていく。頭も少しぼうっとしてきたようだ。ミレイアはほうっと熱っぽい吐息を漏らしてクッションに背中を預ける。それをエイドリックの黒い瞳がじっと見守っていた。

このまま眠ってしまいたい。ぼんやりとそうミレイアは思ったが、ふと、まだ聞いていなかったことがあるのを思い出し、顔を上げてエイドリックに尋ねた。

「そういえばエイドリック兄様。私はどうして侯爵家にいるんですか？　西の森からならうちの方が遥かに近かったのに……」

「あの無法者たちを閉じ込める牢《ろう》や見張りも必要だったし、やつらを護送する手配をする必要もあった。それにはこの館が最適だ。気を失った君を他のやつに任せるつもりもなかったし」

だからそのまま意識のないミレイアも侯爵邸に一緒に連れてきたのだという。そう説明すると、更にエイドリックは言った。

「それに男爵邸にはジュールや君の両親がいるからね。邪魔をされずに君と話がしたかった」

「え？」

目を瞬く彼女をよそに、椅子から立ち上がったエイドリックは、ベッドに身を乗り出して、ミレイアのうっすらと赤く染まった頬を両手で挟むと、ぐっと顔を近づけた。彼の重みでベッドがぎしっと軋《きし》む。

「エイドリック、兄様……？」

エイドリックは吐息が触れるくらい顔を近づけると、真剣な眼差しでミレイアを射抜いた。

「ミレイア。どうして僕を避けるの？」

「……！」

ミレイアは息を呑《の》んだ。そんな彼女の様子にふっとエイドリックが笑った。けれどその笑みは彼のいつもの笑顔ではなく、何かぞっとさせるものがあった。

「分からないと思ったかい？　けれど、僕は君のことなら何でも知っているし、分かっている。丁寧だけどよそよそしい手紙だけ寄越して、会いに行っても顔を出そうともしない。避けているのだとすぐに分かったさ」

「それ、は……」

ミレイアは目を伏せた。確かに具合が悪いと理由をつけてエイドリックと会わずに済ませ、そうして少しずつ彼から離れようと思っていた。だが、それをエイドリックが気づかないはずはないのだ。両親よりも誰よりもミレイアを理解しているのは彼なのだから。

「ねぇ、ミレイア、理由は何？　また誰かに何か言われた？」

エイドリックの吐息が肌を撫でる。ミレイアはそれに身を震わせながら小さく首を振った。

「ち、違います。そうじゃなくて……」

「なら、僕を嫌いになった？」

「ち、違っ……！」

ミレイアは泣きそうになった。エイドリックを嫌いになるなんて……！　むしろ逆だ。好きだからこそ、自分から離れようと思ったのだ。それが彼と自分のためだと思ったから。

——自分はエイドリックの傍に立つのにふさわしくない。それを忘れてはならない。

ミレイアは一瞬だけ目をぎゅっと瞑《つむ》り、エイドリックの存在を全身で感じ取った後、しっかり目を開けて彼を見つめた。

「私は……私はもう子供ではないんです、エイドリック兄様。今までずっと兄様に甘えてきてしまったけれど、それが許される歳ではなくなってしまった。もう、『兄離れ』をしないといけないの」

「『兄離れ』」

エイドリックはそう言うと、不快そうに眉を顰《ひそ》めた。それは彼が何か気に入らない時に見せる仕草だったが、ミレイアはお酒のせいで頭が少しぼうっとしていたことと、彼にうまく説明しようと一生懸命だったこともあり、その最初の兆候《ちょうこう》を見逃してしまった。

「もう十六歳になったわ。十六歳といえば、この国では社交界デビューが許される年齢でしょう？」

「社交界デビューか……」

エイドリックはどういうわけかそれを聞いて顔をしかめると、ミレイアからすっと手を引いてしまった。それから彼はサイドテーブルのワインの瓶を手にして、グラスに注ぎ始める。ミレイアは彼の体温が傍からなくなってしまったことに寂しさを覚えながらも話を続けた。

「うちは王城の大舞踏会に招かれて国王陛下に拝謁《はいえつ》が許される身分ではないから、お母様が私の社交界デビューのために、近々お披露目のパーティを開いてくださるって」

この国で社交界デビューをするには二種類の方法がある。一つは社交シーズンの始まりを告げる王家主催の大舞踏会にパートナー同伴で招かれ、国王や王族に拝謁してお言葉を賜《たまわ》ることだ。デビュタントとして踊りを披露する場も用意されていて、広く世間に社交界デビューしたことを示せるとあって、たいていの貴族の令嬢はこの場でのデビューを目指す。

けれど、大舞踏会の招待状を手に入れるのも、国王に謁見《えっけん》が許されるのも、ある程度身分が高いかコネがなければ叶わぬことだ。それゆえ、ミレイアのような男爵や子爵の令嬢は、交友のある貴族を招いてお披露目のパーティを開くことで社交界デビューを果たすのだ。ただ、それだと当然出会いの幅が狭くなってしまうので、より良い結婚相手を探すという点では不利になる。だからこそ娘を持つ貴族の親は何としてでも大舞踏会に娘を出そうと躍起《やっき》になるのだ。

ミレイアも幼い頃は、白いドレスを着てエイドリックに伴われて城で行われる大舞踏会で社交界デビューすることを夢見たものだが、現実を知ったあの時からそれは無理だと諦めていた。ミレイアの父、ジュスティス男爵は中央で何かの役職についているわけでもなく、裕福でもない。王都に滞在するための別邸も所有しておらず、また本人も何か重要な用件がない限り、王都には足を踏み入れない。したがってコネなど望むべくもないのだ。

……いや、コネなら確かにあった。他ならぬアルデバルト侯爵家だ。当主であるエイドリックの父親は、今は体調不良を理由に職を辞しているが、以前は執政官として政治に関わる地位にあった。ミレイアを娘のように可愛がっている侯爵ならきっと彼女の社交界デビューに力添えをしてくれることだろう。けれどミレイアの父も母もそれをよしとはしなかった。ミレイア自身も侯爵家の力を借りることは考えていない。そこまでしてもらう理由がない。お披露目パーティだけで十分だ。

……ただ、一度だけでいいから、社交界デビューをして大人と認められた身でエイドリックとダンスをしてみたかったと思う。だが、今となってはそれも叶わぬ夢だ。

エイドリックはワインのグラスを片手に、ため息まじりに言った。

「ミレイア。社交界デビューは十六歳から許されるが、誰もが十六歳でデビュタントになれるわけじゃない。二十歳までならいつでもいいんだ。君も急ぐ必要はないんだよ」

「それは……知っていますけど……」

社交界デビューは十六歳から二十歳の間に行えばよいとされている。だから、その年の大舞踏会に出席できなくて、社交界デビューを一年遅らせることなどよくあることだった。

「僕が留学を終えて戻ってきてからでも十分間に合うはずだ。それと、父が後見人になればいつでも君は王家主催の大舞踏会で社交界デビューできる。もちろん、僕がエスコートしよう。だからお披露目パーティなど必要はない」

「それは……」

決心していたはずなのに心が揺らいだ。大舞踏会にエイドリックをパートナーとして出席できる。彼と踊れるのだ……！　でも……と、諫める声が頭の中に響いた。その先は？　ここで兄離れを先延ばしにしても、いつかは必ず離れなければならないのだ。ミレイアは決然と顔を上げた。

「だめよ、兄様。私の社交界デビューのことは私の家の問題です。そんなことをしていただくわけにはいきません。おじ様……侯爵様たちにはもう十分なことをしていただいたもの。それに……私は兄様なしで生きることを覚えなくてはいけないわ」

「離れる必要はない。今までどおり僕の傍にいればいい」

エイドリックは眉間に皺《しわ》を寄せながら言った。彼の言うことや彼のやることを、疑うことなく盲目的に受け入れてきたミレイアが今、生まれて初めてエイドリックに逆らっているのだ。酔っているせいだろうか、彼の意向に反していることに不思議な高揚感を覚えながらミレイアは首を横に振った。

「兄様。私はもう大人なんです。大人になったからには、貴族の娘としての義務に従わなければ。兄様もこれ以上私なんかに係ってはいけないわ」

「……大人、か」

エイドリックはミレイアをしばらくじっと見下ろした後、呟いた。

「そうです」

頷くミレイアは、けれど気づかない。自分を見下ろす黒い瞳に欲情の焔《ほのお》が瞬いていることに。もしお酒を飲んでいなければあるいは気づいたかもしれない。ミレイアの機微にエイドリックが敏感なのと同じく、彼だけを見て生きてきたミレイアもまたエイドリックの機微には誰よりも敏感だったのだから。けれど、この時彼女は見過ごしてしまったのだ。

「君は『兄離れ』をして、大人になると言う。……ならば、こちらももう我慢する必要はないよね？」

エイドリックは手の中のグラスを弄《もてあそ》びながらまるで独り言のように呟く。その顔には奇妙な笑みが浮かんでいた。

「兄様……？」

ようやくミレイアはエイドリックの様子がいつもと違うことに気づく。けれど、その時にはもう遅かった。

戸惑うミレイアの前でエイドリックはグラスを傾けてワインを口に含んだ。そしてそのグラスをサイドテーブルに置いた次の瞬間、ミレイアの身体がベッドに沈んだ。

「え……!?」

一瞬、何が起こったのか分からずポカンとする彼女の開いた唇に、エイドリックの唇が被さった。

「……んぅ……!?」

重なった唇の隙間からミレイアの口内に液体が流される。エイドリックが口に含んだワインだ。わけも分からずミレイアはその液体を嚥下《えんか》してしまう。たちまち喉の奥がカッと熱くなり、アルコールが身体を巡っていく。

……何？　何が起こって……？

「んっ、んっ、……っ」

そのまま口の中を舌でまさぐられ、含まされた唾液と共に残りのワインも全て喉に押し流される。くちゅくちゅと重なり合った唇から水音が漏れ、下しきれなかった唾液が口の端から零れていく。息ができない中、ミレイアは身体が熱くなり頭の芯がぼうっとしてくるのを感じていた。

「に、兄様、何、を……?」

ようやく顔を上げたエイドリックに、ミレイアは息も絶え絶えになりながら言った。心臓が破れるのではと思うほど大きく脈打っていて、身体も燃えるように熱い。力も入らず、まるで自分の身体ではないように感じた。

呼吸するたびにシャツの下で上下するミレイアの胸のふくらみに視線を向けながら、エイドリックが嗤《わら》う。

「大人になったのだから、この意味はわかるだろう?」

「エイドリック兄様……?」

「まだ早いと思ったから、見逃してあげていたのに。馬鹿な子だね」

そう言ってエイドリックはミレイアのシャツのボタンを次々と外していく。自分を見下ろす彼の目は熱っぽく、煌《きら》めいていた。それはいつもの慈しむようにミレイアを見つめていたエイドリックとはまるで違っていた。

――これは、誰?

ミレイアは混乱しながら考える。再度酒を飲まされたせいで、うまく頭が働かず、この期に及んでもまだこの状況を――エイドリックに押し倒され、のしかかられている状況を理解できていなかった。……いや、本当は理解したくなかったのかもしれない。

瞬く間にシャツのボタン全てを外し終えたエイドリックは、ミレイアの白いシュミーズに包まれた胸のふくらみに手を這《は》わしながら告げた。

「ミレイア、君は『兄離れ』すると言った。でもね、僕は君の兄なんかじゃないんだ。今までは君の希望に合わせて兄妹ごっこをしていたけれど、それももう終わり。さぁ、今度は君が僕の希望を叶える番だよ？」

「兄様の……望み……？」

柔らかな肉をエイドリックの手に掴まれ、息を呑みながらミレイアは尋ねた。

「そう、君の全てを手に入れること」

そう言ってエイドリックは微笑む。それはいつもミレイアに向けていた笑みと似ていたけれど、どこかが違っていた。

「君の心、君の身体、君の未来、君のその思考さえも、全部だ。君は僕のことだけ見て、僕のことだけ考えて生きていればいい」

何を言っているのか理解できていないのに、その言葉に、欲望の焔が煌めく彼の黒い瞳に、ミレイアの背中をなぜかぞくぞくと震えが走った。

……ああ、彼は何を言っているのだろう？　どうして自分はその言葉をどこかで嬉しいと感じているのだろう？

エイドリックはシュミーズの胸元に手をかけながら、優しい声音で言った。

「君は僕のものだ。最初に君を見た瞬間からそう決めていた。その君を今更他の誰かに奪われるわけにはいかない。だからね、君に印を刻んであげる。僕のものだという刻印を」

――その次の瞬間、エイドリックの手で、その繊細なレースが音を立てて破かれた。

「なっ……!?」

ミレイアは驚愕する。その拍子にお酒の影響でけぶっていた思考が、雲が晴れるようにさぁっとクリアになった。

「だ、だめ！」

今はっきりとミレイアは自分の状況を理解した。エイドリックはミレイアの純潔を、夫となる相手に捧げるものを奪おうとしているのだ。

「やめて、エイドリック兄様！」

ミレイアはもがいて、エイドリックの腕から逃れようとした。だが、元々力と体格に差がある相手な上に、彼女の身体にはまだアルコールの影響が深く残っていて、まるで力が入らなかった。エイドリックは彼女のささやかな抵抗などものともせず、破いたシュミーズごと、腕に引っかかっていたシャツをミレイアの身体から剝ぎ取っていく。その手が今度はズボンに向かうのを見て、ミレイアは悲鳴を上げた。

「いやあ！　やめて！　誰か、誰か……！」

扉に向かって声を張り上げる。この屋敷には大勢の人間が雇われている。この声を聞きつけて誰かが来てくれるかもしれない。そうしたらエイドリックだって……。

けれど、そのミレイアの思惑をエイドリックは笑って退けた。

「無駄だよ。誰も来ないように言い含めてある。この屋敷で僕の指示に逆らう者はいないよ、ミレイア。唯一君を助けてくれそうなのは両親だけど、二人は今王都にいるからね」

ミレイアは唇を噛む。そうだ。半ば引退して領地に引きこもっていたアルデバルト侯爵夫妻だが、この度のエイドリックの留学とそれに伴う様々な要件の引き継ぎや手続きのために、一か月ほど前から王都に滞在していた。今この屋敷にエイドリックを止められる者はいない。

「エイドリック兄様、お願い、やめて！　こんなことはだめ！」

ミレイアはエイドリックの身体を押し戻そうとしながら、訴えた。この期に及んでも、ミレイアが本気で嫌がることをエイドリックがするはずはない、と心のどこかでは思っていた。けれど、エイドリックはむき出しになったミレイアの胸を摑んで柔らかな肉に食い込ませながら笑った。

「ミレイア。『兄様』じゃないだろう？　兄離れしたのだから」

「ひゃ……！　あ、あ、やぁ……何……？」

ミレイアの身体がビクンと跳ね上がる。エイドリックの指が刺激され立ち上がりかけた胸の頂に絡《から》みつき、キュッと摘《つま》みあげたのだ。それは一度で終わらず、エイドリックの指が蠢《うごめ》くたびにミレイアの身体はビクビクと反応する。悶《もだ》えるミレイアを情欲で煌めく黒い瞳がじっと見つめていた。

彼の薄い唇が弧を描く。

「さぁ、ミレイア。僕の腕の中で『大人』になる時が来たんだよ」

「ん、や、やぁ、あ、あっ」

淡い金糸のような髪と、ほんのり赤く染まった肢体が、白いベッドに投げ出されていた。

あっという間にズボンもドロワーズも剝ぎ取られ、生まれたままの姿にされたミレイアは、同じく服を脱いだエイドリックにのしかかられ、巧《たく》みなその手に翻弄《ほんろう》されていた。指と口で散々いたぶられた胸の頂はぷっくりと膨らんで、今はエイドリックの口の中にある。歯と唇、そして舌でこねくり回され、扱《しご》かれ、キツく吸われて、ミレイアはそのたびにビクンビクンと身を震わせた。下腹部がズキズキと疼き、奥から何かがじわじわと染み出してくる。初めて感じるその感触にミレイアは恐れおののいた。触れられているのは胸なのに、弄られるたびにキュンと疼くのも、熱が集まるのも別の場所で、理解できない自分の反応にすっかり混乱していた。

「あ……」

その切なく疼く場所に向かってエイドリックが手を滑らせる。お腹や下腹部を通り過ぎてそれは両脚の付け根へとまっすぐ進んだ。そこは先ほどから奥から何かが染み出している場所で、ミレイアは狼狽《うろた》えた。

「いや、触らないで！」

そこはミレイア以外の人間が触れたことのない、神聖にして不浄の場所だ。それに先ほどからワインの影響なのかじわじわと何かが染み出していた。そんなところを触って欲しくない。ミレイアは何とか脚を閉じようとしたり、腰を動かしてそれを避けようとする。

けれど押さえつけられた身体は自由にはならず、とうとうエイドリックの指がそのぬかるんだ場所に到達した。ビクンとミレイアの腰が跳ねた。

「濡れているよ、ミレイア。感じているんだね」

エイドリックが胸の先端を食みながら笑みを漏らす。ミレイアの頬が、アルコールのせいではない熱に赤く染まった。

エイドリックの指はミレイアから染み出した蜜を纏《まと》わせ、塗り広げるように、花弁のふちをぐるりと巡り、それから割れ目を何度か撫でた後、蜜口にぐっと埋まった。ミレイアは息を呑む。けれどミレイアのその反応をよそに、指はその狭い道にぐぐっと入り込んでいった。

ミレイアはズキズキと疼く己のその場所にエイドリックの指が入り込んでいるのが信じられなかった。教育の一環として夫婦の営みがどういうものかというのは教わった。男性器を女性器で受け入れて受精するということも。けれど知識としては分かっていても、男性を受け入れるというのがどういうことなのか本当はまるで分かっていなかった。想像もしていなかった。それが今、己の秘めた場所にエイドリックの指が入り込むのを感じて、初めて実感させられたのだ。そして怖くなった。

「兄様、やめて、抜いてっ！」

他人の一部が自分の中にあるという事実が恐ろしい。そこが狭くて指一本だってギチギチなのは自分でも何となく分かる。それ以上受け入れるなんて無理だ。壊れてしまう。

「やめて、お願い……！」

ミレイアの目に涙の膜《まく》が張り、眦《まなじり》から流れていく。エイドリックは胸から顔を上げてそれを見ると、ミレイアの上から身を起こした。それと同時にミレイアの胎内《たいない》にうずめた指も離れていった。ミレイアは己をベッドに押さえつけていた重みがなくなったことにホッと息をつく。彼はきっとミレイアの涙を見て止めてくれたのだ。そう思った。けれど、ギシッというベッドの軋む音と同時にエイドリックの顔がミレイアの顔に覆いかぶさり、唇が彼の口に塞がれた時、それが間違いであったことを知った。

「……ふっ、んっ、んっ」

エイドリックの口からミレイアの咥内に何かが流し込まれる。いや、何かではなく、ワインだ。すぐに分かった。飲んじゃだめ、そう思うのに、じゅぶっと絡みつく舌と苦しくなってくる息のせいで喉が開き、液体が奥に流れていく。ミレイアの喉がこくんと上下した。

「……あ……」

ミレイアは震えながらエイドリックを見上げた。彼がミレイアから一時離れたのは、ベッドサイドのテーブルに置いたワインを取るためだったのだ。その証拠に、エイドリックの片手にはワインの瓶があった。彼はそのワインの瓶を再び口に運んで、咥内に含ませる。それから再びミレイアに覆いかぶさってきた。ミレイアはハッとなって顔を背けた。彼の意図は明らかだ。これ以上はダメだ。ミレイアはそう思った。先に自分で飲んだ分と、最初に含まされた分、それに今飲んだ量でもすでに限界を超えている。これ以上飲んだら、きっと正体を失くすほど酩酊《めいてい》してしまうだろう。

しかし抵抗むなしく顎《あご》を捕らえられて、エイドリックの方に無理やり顔を向かされたミレイアの唇を、エイドリックの唇が覆った。割った唇の端から再びワインが注ぎ込まれる。今度ばかりは先ほどの失敗はしまいと、喉を閉じて嚥下しないようにしていたミレイアは、次のエイドリックの行動に仰天した。エイドリックはミレイアの口から離れると、すぐさま自分の指をミレイアの口の中に押し込んだのだ。その指に舌をぐっと押されたミレイアは驚いた拍子に閉めていた喉を開けてしまう。ミレイアの喉がごくん、と鳴った。

呆然とするミレイアの前でエイドリックは指を彼女の口から引き抜くと、それを今度は自分の口に運び、舌を出して、ついていたワインの残滓《ざんし》を舐《な》め取っていく。その指が先ほどまで自分の膣の中に入っていたものだと気づいた瞬間、彼女の全身がかぁっと熱くなった。

すでにミレイアの身体には先ほど含まされた酒の影響が出始めていた。力は入らず、心臓が破れそうなほど大きく脈打っている。思考が急速に形を失い、薄いベールで幾重にも覆われていくように不明瞭になっていく。このままではダメだと思う傍からそれがなぜダメなのか分からなくなっていった。

ミレイアが熱を出すようにほぅと吐息をついたのを合図に、エイドリックはミレイアの蜜脚を広げ、その間に身体を落ち着かせる。そうして、先ほど舐めていた指をミレイアの蜜壷に差し入れていった。蜜をたたえ、ぬかるんだそこは、ぬちっと音を立てて指を呑み込んでいく。あれほどきつかったのに、慣れたのか先ほどよりもスムーズに彼の長い指を受け入れていった。エイドリックはミレイアの奥まで指を押し込み、彼女がまったく苦痛を表さないことを見て取ると、ゆっくり抜き差しを開始した。

「ふぁ……、あ……」

ミレイアは抵抗しなかった。頭がぼんやりしていて、身体も重く、前より異物感が少なかったこともあって、それを抵抗なく受け入れた。アルコールの影響か潤《うる》む瞳をベッドの天井に向け、シーツを握りながら、エイドリックの抜き差しに合わせ喘《あえ》ぎ混じりの吐息を吐く。エイドリックはその姿を見つめながら、差し入れた指でミレイアの膣内を探っていった。

「……あ、んん、ふぁ、……あ？　あ、ああっ……！」

隘路《あいろ》のある一点を指が掠めた時、ミレイアの様子が変化した。声がひときわ高くなり、びくんと腰を震わせる。それに気づいたエイドリックが再びそのざらざらした部分を指の腹で撫でると、ミレイアは甘い悲鳴を上げながら腰をくねらせた。

エイドリックの唇が弧を描く。

「ああ、ここが弱いんだね、ミレイア」

「や、あ、何？　何なの……？　んんっ、ん、ど、どうして？」

その部分を執拗《しつよう》に指で嬲《なぶ》られて、ミレイアはびくびくと震えながら泣き声を上げる。け

れどその声に甘い響きが含まれているのを、エイドリックは見逃さなかった。一度指を抜いた後、今度は指を増やして二本差し込むと、片方の指でミレイアの弱い部分を刺激しつつ、もう一本の指で狭い媚肉を探りながら押し広げていく。ミレイアは涙を浮かべ喘ぎを漏らしながらもそれを受け入れていた。

ぬちゃ、ずちゅという淫らな水音と、ミレイアの口から漏れる甘い悲鳴がエイドリックの部屋に響き渡る。やがて、三本目の指を受け入れたミレイアの胎内は、最初は一本でも狭くてきつかったのに、柔らかく解けて、抜き差しに合わせて蠕動《ぜんどう》し、彼の指を熱く締めつけるほどになっていた。エイドリックは仕上げとばかりに、もう片方の手を蜜壷のほんの少し上に伸ばし、充血して立ち上がり、赤く色づいていた花芯に親指を滑らせた。

「ひぁあっ！」

爪で引っかくと、ミレイアの腰がびくんと跳ね上がった。刺激され、更に膨らんだその部分を摘み、くりくりと扱きあげると、ミレイアは嬌声《きょうせい》を上げながら、内股をぴくぴくと震わせた。足がシーツを掻《か》き、小さな踵《かかと》がベッドに埋まる。

「兄様、いやぁ！　そこ、だめっ、変になるの！」

ミレイアは涙を散らしながら、いやいやと頭を振った。何かが彼女の中で膨らんではじけようとしていた。エイドリックは優しげに囁きながら、花芯をグリグリと指の腹で押しつぶす。

「兄様じゃないだろう、ミレイア？」

「いやぁ……っ！」

ミレイアは頤《おとがい》を反らしながら悲鳴を上げた。更に容赦なく手を動かしながらエイドリックは彼女に言い聞かせる。

「間違えてはいけないよ？　君は『兄離れ』をしたのだから」

「ああ、んぅ、ゆ、許して……あン、くぅ、ぅ」

エイドリックは、切なげに眉を寄せ腰をびくんびくんと揺らすミレイアに笑みを浮かべた。

「ミレイア、イキそうなんだろう？　君の中がきゅうきゅう締めつけてくる。ああ、そうだ。僕の名前をちゃんと言えたなら、イッてもいいよ？」

「あっ、んぁ、あ、んんっ……」

ミレイアが快楽に蕩けていなければ、あるいは酔わされていなければ、その言葉には従わなかったかもしれない。けれどこの時の彼女はうまく頭が働かず、出口を求めてせり上がってくる内なる衝動に翻弄され、エイドリックの言葉に縋ってしまった。背筋を震えが駆け上がり、ミレイアは身体をぶるっと震わせながら口走る。

「お願い、お願い、エイドリック、エイドリック……！」

エイドリックは愉悦《ゆえつ》の笑みを浮かべた。

「いいよ、ミレイア。イキなさい」

その言葉を聞いたとたん、ミレイアの中で何かが弾けた。

「あ、あああああ……！」

ミレイアは背中を弓なりに反らし、嬌声を上げながら絶頂に達した。その姿態を黒い瞳が余すところなく見守っているのを、頭のどこかで知っていながら。

「……あ、くっ……ん、ぅ、ん、ふ……」

エイドリックはミレイアの胎内に埋めた指を引き抜くと、荒い息を吐きながら天蓋《てんがい》にうつろな目を向けているミレイアの脚を押し広げながら抱え上げた。蜜をたたえピクピクと震えている露わになったミレイアの蜜口に、己の欲望に猛《たけ》った剛直をすりつける。やがて、蜜にまぶされ、ぬらぬらと濡れたその楔《くさび》の先端を、ミレイアの入り口に宛がいながら言った。

「ミレイア。君に僕のものだという刻印を残してあげよう。永遠に消えない刻印を」

「エイド、リック……」

その言葉に何かを感じたミレイアはぼうっとした目をエイドリックに向ける。彼女の翠《みどり》色の目とエイドリックの黒い瞳が交差したその直後、彼は腰を進めた。

「あ……？　あ、あ、あ、いやぁ――――！」

ギチギチと太いものに隘路を無理やり押し広げられ、激痛が走った。ミレイアの口から悲鳴がほとばしる。与えられた痛みに酔いは一気に醒め、思考が急速に戻ってきた。慌ててエイドリックを押しのけようと腕を突っ張るが、力が入らない上にすでに遅かった。ずぶずぶと音を立てて、エイドリックの怒張がミレイアの儚いその部分に埋められていく。

「痛い……いや、抜いてぇ……！」

「ごめんね、でも少しがまんして……？」

痛みのあまり腰が逃げをうっても、がっちり固定され、なすすべもなかった。

やがて全てをミレイアの胎内に収めると、エイドリックは満足そうな吐息をついた後、うっとりとした口調で言った。

「ああ、ミレイア。これで君は誰のもとへも行けない。僕だけのものだ」

ミレイアは痛みと悲しみに涙をぽろぽろと零す。

――とうとう、純潔を奪われてしまった。

けれど、嘆いている暇はなかった。エイドリックがゆっくりと抜き差しを始めたからだ。

「や、いやぁ、あ、くぅ、う……」

太い先端の部分を残して引き抜かれた肉茎が、再びぐっと奥まで打ち込まれる。けれど最初は痛みしか感じなかったその行為が、何度も繰り返されるうちに少しずつミレイアの中で変化していった。慣れたのか膣奥から蜜が零れて抽挿を助けていく。太い部分に粘膜の壁を擦られていくたびに、なぜか背筋がぞわぞわする瞬間が時折差し込むようになった。奥の一点を突かれ身を走った震えは確かに快感で、そこを執拗に責められ、いつしか悦楽が痛みすらも凌駕《りょうが》していた。

グジュ、グジュと聞くに堪えない淫らな水音が、エイドリックを受け入れている下半身から響いてくる。

「あっ、あ、ん、んっ！」

張り出した剛直で奥を穿《うが》たれるたびに、自分の口から絶え間なく嬌声が上がる。何も考えられなくなった頭でそれをまるで他人事のように感じる一方で、ミレイアは熱と痛みと悦楽に翻弄されて声を上げ続ける。

膝を摑まれ、更に大きく広げられた脚の付け根にぐんっと深く腰が打ち込まれる。肌と肌がぶつかる音とベッドが軋む音が空気を震わせた。

「いや、あっ、ん、んんっ！」

深く密着した恥骨に花芯をぐりぐりと潰され、脳天からつま先まで痺れが走る。背中が反り、足が宙を掻く。

荒い息の中でエイドリックがくすっと笑った。

「ああ、やっぱりここ、気持ちいいんだね」

彼は繋がった部分に指で触れ、エイドリックを受け入れるために花開いている花弁をなぞり、白く泡立つその蜜を指にまぶすと、そのまま充血した花芯を摘んだ。

「ひっ、あ、やぁ……！」

奥からどっと蜜が溢れ、エイドリックの剛直に掻き出されて、さらに零れ落ちていく。敏感なその部分を弄られながら、奥の感じる場所を抉《えぐ》られて、ミレイアは悲鳴を上げた。

「ああ！　やあ、許して、兄さ……ふあ！」

「ミレイア、『兄様』じゃない。そう言っただろう？」

グリグリと敏感な芽を指で押しつぶされて、ミレイアの目の前でパチパチと火花が散った。

「ほら、僕の名前を呼んで、ミレイア」

「ああ……！」

奥深くを抉られ、喉から甘い悲鳴が漏れる。花芯を弄られながらずんっと奥を穿たれ、揺さぶられたミレイアの口からその名が零れていった。

「兄さ……エイドリック……ああっ！　ん、んぁ、エ、エイドリック……！」

「そう。それでいい」

エイドリックは、顔を赤く染め涙を浮かべながら自分の名前を繰り返すミレイアの姿態に淫靡《いんび》な笑みを浮かべると、打ちつける腰の動きを速めていった。いつの間にか花芯への愛撫は止んでいたが、激しく打ちつけられる腰に押しつぶされ、確かな快楽をミレイアに伝えてくる。先ほどまで感じていた痛みは遠く、思考を酔いと悦楽に塗りつぶされたミレイアはただただ嵐に揉《も》みくちゃにされるだけだった。もう何も考えられない。

……確かなのは、自分を貫くエイドリックの存在だけ。

ミレイアはシーツを摑んでいた手をエイドリックの方に伸ばした。

「エイドリック、エイドリック……！」

「……ミレイア……っ」

その手をエイドリックが身を乗り出して握り返す。その拍子に奥の感じる場所を太い先端で擦られ、ミレイアの背筋を震えが駆け上がった。

「んんっ、あ、また、何か……！　エイドリック、エイドリック……！」

再び絶頂がそこまで来ていた。せり上がってくる白い波に流されそうなミレイアは、エイドリックと繋いだ手をまるで命綱のように握り締める。

「イクんだね、いいよ、ミレイア。……っ、僕も……」

エイドリックの声が聞こえ、更に打ちつける動きが深く激しくなった。ぐじゅぐじゅと激しい水音とベッドの軋む音が寝室にこだまする。けれどミレイアはそれを恥ずかしがる余裕はなかった。ただただ彼の動きに合わせて喘ぎ、身を震わせるだけだ。

不意に手を引っ張られ、背中が浮き上がったところを腰を押しつけられるように抉られ、その衝撃に白い波が一気に押し寄せた。

「あっ、あっ、あン、ん、んっ、あ、あ、ああっ……！」

ミレイアの頤が反らされる。そして、エイドリックの手を握り締めながら、彼の腕の中で絶頂に達した。

「くっ……」

ミレイアの膣が絶頂の余韻に蠕動し、エイドリックの肉茎を締めつける。エイドリックは歯をくいしばって射精を促すその動きに耐えると、ミレイアの身体をシーツに沈め、手を彼女の顔の横に縫い付けながら、また激しく腰を打ちつけた。絶頂の波が収まらないミレイアはなすすべもなくそれを受け止める。

やがてひときわ強く奥を抉られたその直後、奥深くにうずめられたエイドリックの剛直が膨らみ、そして爆《は》ぜた。

ドロリと熱い何かがミレイアの奥を満たしていく。

「……あ……」

お腹の奥に広がる熱に、ゾクゾクとした快感が走る。それが伝わったのか、自分の胎内が蠢き、男の精を搾り取ろうと締めつけているのが分かった。エイドリックは促されるようにミレイアの子宮に全てを注ぎ終えると、彼女を圧迫しないためか、手を解いて離れていく。ずるっと音を立てて、ミレイアの膣を満たしていた剛直が抜かれていった。

「……んっ……」

その際の壁を擦られる感覚にも感じてしまって、ミレイアは声を漏らす。アルコールと絶頂の余韻にぼうっとしながら、彼女はその質量を失って寂しいとさえ感じていた。

エイドリックがミレイアの蜜口を見下ろし、ふっと笑みを浮かべる。それは無垢で清白な容姿や雰囲気を持つミレイアとは思えないほど、淫靡な姿だった。ヒクヒクと秘裂が蠢くたびに、彼女自身が零した蜜と、エイドリックが放った白濁が、純潔を失った証を伴って溢れてきている。

「これで孕《はら》んでくれればいいのにね……」

情欲と愉悦を含んで小さく呟かれたその声は、急激な眠気に襲われていたミレイアの耳には入らなかった。

ミレイアは熱い吐息を漏らしながら、そっと目を閉じた。すぐに何かに引き込まれるように意識が遠くなる。

――今はもう何も考えられない、考えたくない。

ミレイアはその心地よい闇を歓迎し、身をゆだねていく。けれど、薄れゆく意識の中で、エイドリックの声を聞いたような気がした。

「いいかいミレイア。決して他の男に身をゆだねてはいけないよ。君は僕のものだ。それを忘れないで。二年経ったら戻ってくる。それまで僕のことだけ考えて待っているんだよ」

――エイドリック兄様。私は……。

そう思ったのを最後にミレイアの意識は闇に沈んだ。

次にミレイアが目を覚ました時は、ジュスティス男爵邸の自分のベッドの上だった。心配そうな両親とジュールがベッドを取り囲み、ミレイアの意識が戻ったと分かったとたん、みんなが彼女を抱きしめた。

「ミレイア、無事でよかった！」

「かわいそうに、ミレイア。誘拐されそうになるなんて、とても怖かったでしょうね」

「姉様のばか！　心配したんだから！」

ミレイアは最初、なぜ皆がそんなに沈痛な様子なのか分からなかった。頭の芯がぼうっとしていて眠る前のことを思い出せなかったのだ。だが、誘拐という単語で森でのことを思い出す。

……そうだ、自分は森で待ち伏せされて誘拐されかけたのだ。エイドリックが助けにきてくれて、それで彼の腕の中で気絶して……それで……。

身を起こして、なぜ頭の芯がこんなに重いのか、なぜ身体のあちこちがこんなに軋むのか不思議に思いながら、自分を眺める。乗馬服を羽織っていたはずなのに、今のミレイアはナイトドレスを身に着けていた。

森で気絶した後、屋敷に運ばれて誰かが着替えさせてくれたのだろうか？

そこまで考えた瞬間、エイドリックの部屋で起きたことが脳裏に浮かぶ。全てを思い出したミレイアは自分を抱きしめてガクガクと震え出した。

「ミレイア!?」

「やっぱりショックだったのね。今薬湯を持ってくるわ。ジュール、あなたは部屋に戻りなさい」

「やだ、姉様の傍にいたい」

「私が連れて行こう。さぁ、ジュール来るんだ。姉様はもっと休む必要があるんだよ」

両親とジュールが慌ただしく部屋を出て行ったが、ミレイアはそれを気にする余裕はなかった。ベッドの中で上掛けにくるまって震え続ける。これが夢だったらどんなによかったか。でも脚の付け根に感じる違和感と痛みが、これが夢ではなくて現実だと彼女に否応なく知らしめる。

お酒などとっくに抜けていて、今はエイドリックに言われたこと、されたことがどんな意味を持つのかはっきり分かっていた。

――信じていたエイドリックに純潔を奪われた。

貴族の娘にとって純潔はとても重要だ。再婚ならともかく、未婚の娘が結婚する前に男と関係を持つことは許されない。本人だけではなく、家の名誉にも関わってくる。それにそんなふしだらな娘と結婚したい男などめったにいない。ミレイアはまともな結婚ができないだろう。

――ああ、どうして、どうしてなの、エイドリック兄様……！

『これで君は誰のもとへも行けない。僕だけのものだ』

エイドリックの声が蘇る。家族を辛い目にあわせたくないミレイアに選択肢はなかった。結婚しなければミレイアが純潔を失ったことは誰にも知られずに済む。だからこそ彼はミレイアに刻印を残していったのだろう。

けれど、本当に悲しかったのは、幸せな結婚が望めなくなったことではなかった。胸の痛みと共に忘れられないエイドリックの言葉が蘇る。

『僕は君の兄なんかじゃないんだ。今までは君の希望に合わせて兄妹ごっこをしていたけれど、それももう終わり』

今までの優しさも、彼女を慈しんでくれたことも全てが偽りだったということ……？

「……っ」

ミレイアの喉の奥から何かがせり上がってくる。けれど、その慟哭《どうこく》に身を任せることはできなかった。これ以上、家族に心配はかけられない。誘拐事件が起きて、雇った使用人もそれに関わっていたことに父や母が心を痛めていることは想像に難くない。ミレイアの無事をあんなに喜んでくれた家族に、どうしてエイドリックに犯されたなどと言えよう。

それに言ったところでどうすることもできない。相手は侯爵家だ。男爵の父が逆らえるわけがない。泣き寝入りするだけ。どうすることもできない現実に両親はさぞ悲嘆するだろう。そんな思いは家族にさせたくなかった。

……絶対に知られてはだめ。

悲壮な思いでミレイアは決心し、母親が自らの手で薬湯を持ってきた時には平静を装って応じた。

だが、更なるショックが襲う。エイドリックがもう王都に発ってしまったというのだ。そしてすぐに王子と共に外国へ行き、留学期間が終わるまでこちらには戻らないらしい。

「じゃあ、エイドリック兄様は、もう……？」

そう尋ねるミレイアの声は震えていた。エイドリックが行ってしまった。……何も言わずに？　一言もなく？

「ええ。気を失ったあなたを送り届ける時にご挨拶してくださったわ。あなたに会えず仕舞いだったことをとても残念がっていたのよ。そうそう、『帰ってくるまでいい子で待っているように』って伝言を頼まれて……」

その母親の言葉はミレイアの耳を通り過ぎるだけだった。

会いたかったわけでも、会っても何か言いたい言葉があったわけでもない。だが、弁解どころか何も言わずに去っていったことが自分でも分からないくらいショックだった。失望していた。

――けれど、ミレイアの苦しみはそれで終わらなかった。

エイドリックがマリウス王子と共に異国に旅立ってから、数か月も経たないうちにミレイアの耳に届いたのは、信じられないようなエイドリックの醜聞《しゅうぶん》だった。彼は留学先のライナルト王国で、まるで蜜を求めて花から花へと移るミツバチのように色々な貴婦人と付き合っては捨てるという行為を繰り返しているというのだ。

偶然使用人たちの噂話を立ち聞きしてしまったミレイアは、彼のことは考えまいと思っていたにもかかわらず、心穏やかではいられなかった。まさかとは思ったが、ミレイアに対する仕打ちを思い出すと、その悪意ある噂も真実なのではと思えてならない。……けれど、幾多の女性と浮き名を流すことより、何よりもミレイアの心を傷つけたのは、彼がライナルト王国の第三王女と付き合い始めたという話だった。他の女性とは違い、彼女と別れたという話が届くことはなく、仲良くパートナーとしてパーティに出席したという話ばかりが耳に入ってくる。いつしか、彼らは結婚するのではという憶測がゴシップ好きの貴族たちの間で囁かれ始めていた。

第三王女はミレイアより一歳年上で、美しく聡明な女性だという。男爵令嬢のミレイアより遥かにエイドリックの隣に立つにふさわしい相手だ。彼女が逆立ちしたって敵う相手ではない。……けれど、それが分かっていながら、ミレイアは深く傷ついた。裏切られたという思いが心に湧き上がるのを止められなかった。

ミレイアの中で彼と過ごした幼い頃の日々が黒く塗りつぶされていく――。

「エイドリック兄様。私はあなたにとって、いったい何だったのですか……？」

――それに応える声は、なかった。

第二章　鳥籠に囚われる

「失礼します、お嬢様。たった今、サーステン子爵がいらっしゃいました。旦那様がお嬢様にすぐに応接室に来るようにと仰せです」

ソファに腰を下ろし、詩集に目を落としていたミレイアは侍女のその言葉に顔を上げた。

「そう、分かったわ、今行くとお伝えして」

「はい」

侍女が部屋から出て行くのを確認すると、ミレイアは全然頭に入っていなかった詩集を閉じる。覚悟はしていたが、いよいよ彼と再会しなければならないと思うと、心は鉛のように重かった。

――侍女の言うサーステン子爵とはエイドリックのことだ。彼は侯爵家の跡取りとして社交界に出入りしていたが、特に爵位は持っていなかった。ところが二年前、マリウス王子の付き添いとしてライナルト王国への留学が決まった時、王子の名代として留学先の王や貴族たちと折衝する時に、爵位がなければ侮られることもあるだろうと国王陛下から急遽賜ったのだ。小さいながらも領地も与えられた彼は、それ以来「エイドリック・アルデバルト」ではなく、「エイドリック・サーステン子爵」と名乗っているらしい。

――エイドリック・サーステン子爵。馴染《なじ》みのないその名前は、今のミレイアにとってはエイドリックの存在そのものだった。共にあった幼き日々は黒く塗りつぶされ、残ったのは見知らぬ他人だ。……いや、元からそうだったのだ。エイドリック自身がミレイアに告げたように。

そう、自分の人生には関係のない人だ。ミレイアは自分にそう言い聞かせて、覚悟を決めてソファから立ち上がった。嫌だが、家族に不審に思われないために行かなければ。あの時以来、男性を前にすると怯えるようになってしまったミレイアだが、両親は肉親同様だった彼は問題ないと信じているのだ。本当はそのエイドリックこそが男性に怯えるようになった原因なのに。

その皮肉さにミレイアは一瞬だけ苦笑を浮かべた後、その笑いをすっと消して扉に向かった。けれど、姿見の前を通り過ぎるところで、ふと足を止めて鏡に映る自分を見つめた。二年前にはまだ少女らしさを残していた姿は、今ではすっかり女性らしく変化している。華奢ながらも丸みを帯びた柔らかな身体のラインは確かに大人のもので、仄かな色香をも漂わせていた。社交界に在れば、流れるような艶《つや》やかな白金の髪に、高価な宝石を思わせる翠の瞳と相まって、さぞ男性の目を引いただろう。だが、ミレイアはそれを知らない。知っていたとしても怯えるだけだっただろう。

――誘拐されかけた上に、誰よりも信じて頼っていた人に純潔を奪われ踏み躙《にじ》られたことは、ミレイアの人生に小さくない影響を及ぼしていた。

彼女は男性に怯えるようになってしまった。もちろん、家族は平気だ。お年寄りや子供、それに昔から顔なじみだった男性の使用人もかろうじて話せる。けれど、それ以外の男性――特に若い男性の前に出ると声が出なくなり、震えが止まらなくなった。酷い時には吐きそうになったことさえある。そんな状態で大勢の男性がやってくるであろう夜会に出られるはずもない。それゆえ、ミレイアの社交界デビューは保留にされ、未だに果たせていない。でもミレイアはそれで構わなかった。純潔ではなくなった自分は結婚など望むべくもないのだから。

両親や周囲はミレイアの変化や男性に対する恐怖心は誘拐されかけたことが原因だと思っているらしい。ミレイアもそれを否定しなかった。そうすれば、エイドリックの仕打ちを彼らに打ち明けずに済むからだ。だが、誘拐が原因でないことは、彼女自身が一番よく分かっていた。ミレイアの人生を滅茶苦茶にしたのはエイドリックだ。

……その彼とこれから顔を合わせなければならない。

彼を前にどんな顔をすればいいのだろう？　自分は果たして平気でいられるだろうか？　怒りや恨みをぶつけずにいられるのだろうか？

彼に会うこと自体も嫌でたまらなかったが、両親の前で取り乱すことをミレイアは何より恐れていた。

——大丈夫。この時のためにずっと心の準備をしてきたのだから。家族のために、何事もなかったかのように彼を笑って迎えてみせよう。

ミレイアは鏡を見つめながら、自分に言い聞かせた。


ミレイアが覚悟を決めて応接室に向かうと、弟のジュールはすでに来ていて興奮した様子でエイドリックに話しかけていた。

「エイドリック兄様！　僕、約束ちゃんと覚えていたよ！　父様や母様、それに姉様の言うことをちゃんと聞いていい子にしていたよ！」

ミレイアが部屋に入った時、エイドリックがそんなジュールの前に片膝をついて、頭を優しく撫でている姿が目に飛び込んできた。

「えらいぞ、ジュール。よく男と男の約束を守れたね」

彼のジュールに向ける表情は優しさと慈しみに溢れていた。ミレイアはそれを見て、胸の奥が疼くのを感じた。かつて彼女もあんな目で見つめてもらっていた。偽りのものだったかもしれないが、確かに彼からたくさんの愛情を受けていたのだ。その失ったものを目の前で見せつけられて、ミレイアの心が悲しみに染まった。

けれど驚いたことに、ミレイアの姿に気づいたエイドリックはすぐに立ち上がり、その愛情に満ちた表情のままミレイアに言った。

「久しぶりだね、ミレイア」

「……え……？」

ミレイアの目が戸惑ったように見開かれた。しかし彼女の混乱をよそにエイドリックは笑みを浮かべたまま続ける。

「会わなかった二年の間に、すっかり綺麗な女性になったね。私の中の君はまだ十六歳の時のままだったから、入ってきた君を見て驚いたよ」

そう言って微笑むエイドリックの様子はかつて彼女が慕っていた「エイドリック兄様」そのものだった。ミレイアは呆然と自分の方に近づいて来るエイドリックを見つめた。

帰ってきたエイドリックがどういう態度を取るか、ミレイアも考えなかったわけではない。開き直るか、罪悪感に満ちた顔をするか、あるいは全てをなかったことにしようとするか。けれどそのいずれの場合も彼がミレイアにしたことを認めた上でのことだ。よもや、こんな屈託《くったく》のない態度を取るとは思っていなかった。何もなかったことにするのではなく、これではまるで何もなかったかのようだ。

……それとも、あれは全て夢の中の出来事だったとでも言うのだろうか？　エイドリックに「兄妹ごっこ」だと言われたことも？　純潔を奪われたことも？

「ミレイア」

「あ……」

　ふと気づくとエイドリックがすぐ目の前に立っていた。彼は息を呑むミレイアを見下ろし、そっと片手を上げて彼女の頬に触れる。驚くことにミレイアは、触れられた瞬間だけビクッとしたものの、いつもの発作に襲われることなくその手を受け入れていた。

　エイドリックは、もう二度と見ることはできないと思っていた、甘く蕩けるような笑みを向けて言う。

「ただいま、ミレイア」

「……お帰りなさい。エイドリック兄様」

　頬を染めながらミレイアは答えた。なぜかその瞬間だけ、あの時の苦しみも嘆きも、この二年間の苦悩のことも全て忘れ、彼を慕っていたかつての彼女に戻っていた。

　……自分が信じられない。

　ミレイアは両親と会話し始めたエイドリックに視線を向けながら、呆然としていた。いつも男性を前にすると起こる、怯えて震えてしまうあの症状がエイドリックに対しては出なかったのだ。触れられて吐き気をもよおすこともなかった。これはどういうことだろう？

　彼の態度がかつて家族同然だった頃に戻っているから？　それともまだ彼を慕う気持ちが残っているからだろうか？

　――あんなことをされたのに……！

　両親に不審がられることがないのだから、その点だけは良かったと思うが、ミレイアは自分の反応が腑に落ちなかった。

「……レイア。ミレイア」

急に自分に呼びかける母の声が耳に飛び込んできて、ミレイアはハッとした。瞬きをして意識を戻すと、母や父、それにエイドリックの視線が自分に向けられていた。どうやら自分の考えに沈んでいて、何度か呼びかけられたのに気づかなかったようだ。

「は、はい？」

「あなたはどうしたいの？」

「え？　な、何を……？」

話が見えなくて何を聞かれているのかよく分からなかった。戸惑うミレイアにエイドリックがクスッと笑う。

「どうやら話を聞いてなかったようだね。君の社交界デビューの話だよ。あとひと月後に、城で大舞踏会が開催される。そこにデビュタントとして出ないかと尋ねているんだ」

「……え？」

いつの間にそんな話になっていたのだろうか？

唖然とするミレイアにエイドリックが説明するには、この話は王都に滞在しているアルデバルト侯爵夫人の提案なのだという。ミレイアの社交界デビューがまだであることを知っている夫人は、エイドリックが帰ってきたのを機に、ミレイアを大舞踏会の場で社交界デビューさせてあげたいと言い出し、挨拶のために領地へ帰省する息子に、王都に来る

時はミレイアを伴うようにと厳命したのだ。

「アルデバルト侯爵が君の後見人となる。これは私も父も了承していることなんだ。だから、ミレイア、遠慮することはない。君の王都での滞在はもちろん私たちが責任を持って面倒を見る」

「で、でも、私は、男性には……」

近づきたくないという言葉は喉の奥に消えた。エイドリックが悲しそうな顔になってすまなさそうに言ったからだ。

「聞いたよ。あの誘拐が原因なんだね？　私がもっと早くに行っていれば……」

いったい、誰のせいだと……！　ミレイアの胸の奥で怒りが湧き起こる。けれど、それを表に出す前に母が口を挟んだ。

「ミレイアの気持ち次第なのだけど、私たちはそのお話、お受けしてもいいんじゃないかと思うわ」

「お母様……？」

「私たちだけの力じゃあなたに十分なことをしてあげられないし、男性に怯えるあなたの傍にいて常に守ってあげることもできない。ジュールの年がもう少し上ならよかったけれど……」

仕方なさそうに母はため息を漏らした。社交界デビューをすると、未婚の男女が多く集まる催しにも招待されることになる。ジュールが社交界に顔を出せる歳であれば、そんな時も常に姉の傍にいて守ることもできただろうが、九歳の子供にそれは望めない。

「その点、エイドリック様ならあなたも怯えずに済むし、うまくあなたをフォローしてくださると思うわ。私たちも安心よ」

そこまで言われてしまえば、男性に怯える本当の原因を告げられないミレイアには嫌だとは口にできなかった。流されるままミレイアの王都行きが決まってしまう。

思いもよらぬ事態に心がついていけないミレイアは、彼女の社交界デビューのことで詳細を詰めていく両親とエイドリックの話を呆然と眺めていた。だが、その時ふと違和感を覚えて目を瞬いた。

ミレイアの社交界デビューはジュスティス男爵家の問題だ。なのにどうしてこうもエイドリックは当然のような顔をして介入するのだろうか。……でも、何もそれは社交界デビューの話に始まったことではない。今までずっとそうだった。そのことにミレイアは今更ながら疑問を抱いた。

ミレイアのことについて決定権を持つのは彼女本人でもなく、両親でもない。エイドリックだ。彼が最終決定をし、それに両親が従う。乗馬のことも含め、いつもそうだった。ミレイア自身もそれを何となく察していて、エイドリックが首を縦に振らないことは絶対に許されないのだということも、反対に彼の了承を得さえすれば両親の説得は必要ないということも分かっていた。だからミレイアはいつもエイドリックを頼りにしたし、その結果彼にどんどん依存していった。彼の言うことは絶対だったのだ。

でもミレイアのことについて決定権を持つのは両親であるべきだ。子は親に従う。それが当たり前のことなのだ。なのに、ここではそうではない。

ミレイアは改めて両親とエイドリックが話をしている様子を見つめた。やはり話の主導権を握っているのは、エイドリックだ。ミレイアの滞在先をはじめ、王都に出発する日にち、その道中の手配、その全てを彼が決め、両親がそれを承諾する。そのパターンだ。二年前までは当たり前だったその光景に、違和感がどうしても拭えなかった。エイドリックが侯爵家の跡取りで身分的に逆らえないということを差し引いても、何かがおかしいと感じた。

それなのに、ミレイアは両親のもとを離れてエイドリックと共に王都に向かわなければならない。王都にはアルデバルト侯爵夫妻もいるとはいえ、自分は本当にこの話を受けてよかったのだろうか？

ミレイアの心に巣くった疑惑と不安は少しも晴れることはなかった。

「血縁者ではない女性の後見人となって社交界デビューさせること？　ああ、それはよくあることですな」

ミレイアの家庭教師をしている老博士は皺だらけの顔に笑みを浮かべて頷いた。

——二年前、結婚という形ではジュスティス男爵家の役に立てなくなったミレイアは、その代わりに将来父親に代わって領主となる弟の手助けができるようになればと思い、花嫁修業とは関係のない学問まで学び始めた。反対されるかと思ったが両親はあまり屋敷の敷地から出なくなってしまった娘の慰めになればと黙認した上に、最適な家庭教師を見つけてきてくれたのだ。それがこの老博士だ。

　彼は王都にある貴族の子弟が通う学校で教鞭《きょうべん》をとったこともある植物学者で、引退した後は田舎でのんびり研究をしたいと、この地方に移り住んできたのだった。植物学のみならず、自然科学や数学、政治学にまで造詣《ぞうけい》が深く、学ぶことに貪欲なミレイアの希望にぴったりだった。何よりミレイアの祖父といってもいい歳で、彼女が怯えないで済むことも大きい。

「よくあること、なのですか……」

　ミレイアは彼に社交界デビューが決まったことを報告したついでに、気にかかっていることを尋ねた。もちろん彼にもエイドリックとの間に起こったことや、抱いた疑惑について相談するわけにはいかなかったが、少しでも納得できる理由があればこの不安も疑惑も解消されるのではないかと思ったのだ。

「嫁がせる娘のいない貴族は、遠縁の娘や知り合いの娘の後見人となって、彼女らを社交界に送り出すのです。その娘が有力な貴族に見初められれば後見人として繋がりができますからな。ほれ、前にお話しした第一王子のウィレム殿下の母君がその口です。先代のギルドラン伯爵は遠縁の美しい娘の後見人となりデビューさせ、それが今の陛下のお目に留まったわけですな。ギルドラン伯爵は彼女を養女にして嫁がせ勢力を伸ばしました。そのやり口が息子の現ギルドラン伯爵に引き継がれているのです」

「エイドリック兄様、……いえ、サーステン子爵が仕えているマリウス王子のお母様は？」

「マリウス王子の母君は公爵家の実の娘です。王妃陛下がこれ以上お子様を産むことができないと分かった時に、側室にと望まれて陛下のもとに嫁がれたのですよ」

ミレイアの住むこの国は資源にも恵まれた豊かな国だ。だが、その繁栄を支えてきた王族を取り巻く状況は少しばかり複雑だ。この国の王位継承権は王妃に王子がいたら、その子が持つ。ところが王妃が男子に恵まれず妾腹の男子しかいない場合は、その継承権の順序に決まりはなく、王が次期国王にふさわしい方を王太子として指名するのが習わしだ。

そして今現在、友好国から嫁いできた王妃陛下との間に王女は生まれたが、王子はおらず、第一王子のウィレムも、第二王子のマリウスも側室が産んだ子供だ。二人の資質を見極めるためか、王は次の王太子をまだ任命しようとはせず、その席は空席となっていた。

そのため、第一王子を推す一派と第二王子を推す一派が水面下で熾烈《しれつ》な権力争いを繰り広げているという。血筋と人柄の点から言えばマリウス王子だが、第一王子のウィレムは長子であること、財務大臣として権勢を誇るギルドラン伯爵が後見人を務めていることから、第一王子を推す声も大きい。どちらの王子が次の王につくかは未知数で、今の宮廷は第一王子を推す者、第二王子を推す者、そして両者から距離を置き、情勢を見極めようとする中立派の三者の思惑が入り乱れているのだという。

けれどそんな中央の権力事情など田舎の男爵家にはまったく関係のない話だったので、ミレイアはこの老博士に教えてもらうまで興味もなかったし知りもしなかった。そんな彼女が興味を持ち始めたのは、そこにアルデバルト侯爵家が関わるようになったからだ。

エイドリックの実家であるアルデバルト侯爵家は元々この問題については中立派だった。現アルデバルト侯爵は権力に興味を持たない人物で、七年前に健康上の理由で役職を辞して領地に引っ込んだのも、王太子の座を巡る争いに嫌気がさしたからだとミレイアは見ている。ところがエイドリックが国王陛下から直々にマリウス王子のお目付役として任命されてしまったことで、侯爵家の立場は一変した。マリウス王子派の一翼を担うことになったのだ。そして、ミレイアの実家のジュスティス男爵家も追従《ついじゅう》することになった。

「まぁ、表立って両者が直接争うことは稀《まれ》ですし、婦人方、それもデビュタントにはまったく関係ない話です。安心して王都見物をしてくるといいでしょう。あそこはここはまるで違いますから、きっとあなたにはいい刺激を与えてくれるはずです」

ミレイアの浮かない顔を、宮廷での権力争いに巻き込まれることを危惧《きぐ》しているものだと思ったらしい老博士は慰めるように言った後、ミレイアに慈愛の目を向けながら、教師らしく告げた。

「ミレイア殿。私はあなたにこの二年間、政治のことを含めて色々なことを教えてきました。けれど、それはあくまで参考でしかありません。自分の目で見て確認し、そして考えることが何にも勝る勉強なのです。いいですか、他人の意見に左右されず、惑わされず、自らの目で判断することが大切です。これを忘れないでください」

「他人の意見に左右されず、惑わされず、自らの目で判断すること……？」

その言葉にミレイアは戸惑う。そんな彼女に老博士はにっこり笑った。

「ええ。今はピンとこなくても、あなたならきっと理解できるようになると私は信じています。さて、私はミレイア殿が王都に行っている間は、植物研究に没頭することにします。王都を楽しんでいらっしゃい。でも、帰ってきたら、また勉強ですよ。あなたにはまだまだ教えねばならないことがたくさんありますからね」

「……はい」

ミレイアは神妙な顔で頷いた。王都へ行くことについて老博士に背中を押してもらったような気がした。

色々不安要素はあるが、この社交界デビューのことは侯爵夫人が言い出したことだというからエイドリックに他意はないのかもしれない。彼がこのまま二年前のことをなかったことにして距離を保ってくれるのであれば、少しだけ社交シーズンを過ごすくらいなら問題ないだろう。ミレイアは心を決めて、老博士に笑顔で告げた。

「先生。私、王都に行ってきます。帰ってきたら、いっぱいお土産話をさせていただきますね」

＊＊＊

それから三日後、ミレイアはエイドリックに連れられて王都に向かった。

付き添いはいない。本当は侍女を一人だけでも連れて行きたかったのだが、向こうでミレイアの世話をする女性はすでに手配されているから、その必要はないとエイドリックが言ったのだ。お世話になる身でそう言われてしまえばわがままを言うことはできなかった。しかも世話をする人間だけではなく、彼女が身につける宝飾品もドレスすらもアルデバルト夫人が向こうで用意して待ってくれているという。

旅の道中楽なようにと、コルセットをつけないで着られる若草色のシュミーズドレスと髪を結ぶ赤いリボンだけが彼女の持ち物で、文字通り身一つの門出となった。

ミレイアの移動に用意されたのは小さくて洒落《しゃれ》た馬車だ。幸いなことに、エイドリックとその狭い馬車の中に二人で押し込められることはなく、彼は外で馬に乗って馬車の横についている。そして馬車とエイドリックを守るように、馬に乗った六人の兵士たちが周囲を取り囲んでいた。馬車に乗ろうとした際、その物々しさにミレイアが目を丸くしていると、エイドリックが窓越しに苦笑しながら説明してくれた。

「彼らはマリウス殿下の直属の兵士で、二年前君が無法者に誘拐されかけたことを殿下に言ったら、君が道中安心して旅ができるようにと、私たちの警護のために遣わしてくださったんだよ」

「まぁ」

ということは、ミレイアが城で開催される大舞踏会にデビュタントとして参加することをマリウス王子も知っているのだ。けれど、いくらアルデバルト侯爵が後見人になっているとはいえ、たかが田舎男爵の令嬢の警護に兵士を一分隊丸ごと貸してくれるとは、エイドリックとマリウス王子はよほど親しい間柄らしい。もっとも、二年間も他国で一緒に過ごしていたのならそうなってもおかしくはないが。

そう思い、揺れる馬車の窓から兵士たちを眺めていたミレイアは、ふと、前にも彼らを見た覚えがあることに気づいた。二年前、ならず者たちに誘拐されかけた時に、エイドリックと共に駆けつけてミレイアを助けてくれた兵士たちだ。兵士は皆同じ姿をしているので、簡単な紹介を受けた時には気づけなかったが、間違いない。エイドリックの向こう側にいるのは、あの時矢を射った兵士だった。

……これはどういうことだろう？

エイドリックは彼らのことをマリウス王子から遣わされた兵士だと言った。ではあの時もマリウス王子は彼らをエイドリックのもとへ派遣していた？　でも何のために？

考えてみれば、エイドリックはあの時ミレイアに会いに男爵邸に来て、そのまま西の森へ向かった彼女を追いかけたようなことを言っていた。つまり、会いに来た時点ですでに彼らを引き連れていたということになる。ミレイアの知る限り、朝の散歩の時、彼はいつも一人だったのに、あの日は違ったのだ。……でもなぜ？　彼らはあの時、どうしてエイドリックの傍にいたのだろう？

不安と、得体の知れない胸騒ぎが突如湧き上がり、背筋がざわついた。何かあるのだろうか？

ミレイアは馬車の窓越しに、エイドリックの横顔を見つめた。尋ねれば彼は答えてくれるだろうか？　けれど誘拐前後のことはエイドリックにお酒で酔わされ無理やり奪われた時のことと無関係ではない。ここ数日、エイドリックとは当たり障りのない会話しかしていないが、それでも両親や弟のジュールの前では普通に接することができた。ミレイアの望みはこのままの状態で何とか社交界デビューを終わらせることだ。無事に社交界デビューを済ませ、少しの間だけ社交シーズンを王都で過ごせば両親とアルデバルト侯爵家への義理は立つだろう。そうすればミレイアは領地に戻り、今までどおりの生活を営んでいく。結婚相手については、やはり男性に怯えてしまうからダメだったと言えばいい。エイドリックはマリウス王子の側近として王都での役割も増えて領地にそう頻繁に戻っては来られなくなるだろう。そのうちに侯爵家の跡取りが必要になって誰かと結ばれ、田舎の、昔交流を持っていた男爵家のいき遅れの令嬢のことなど思い出しもしなくなるに違いない。

そう、かつてある子爵夫人が言っていたように、いつしか二人の道は分かれて、永遠に交わることはない。でも、それでいいのだ。それこそが今のミレイアの望みだ。だから、王都にいる間は、エイドリックとの間に無用な緊張が生まれることだけは避けなくては。

ミレイアはエイドリックから目を逸らし、まっすぐ前を向くと、膝の上できゅっと拳を握り締めた。そしてそれきり呼ばれるまでエイドリックの方を見ようとしなかった。

ミレイアを乗せた馬車とエイドリックたちは、朝に領地を出発してから休みもそこそこに馬を走らせ続け、夜の帳《とばり》が下りる頃、ようやく王都郊外にあるその館にたどり着いた。あたりが薄暗いので全貌《ぜんぼう》ははっきりしなかったが、その館はミレイアの実家のジュスティス男爵邸と同じくらいの大きさに見えた。館の四方には高い柵が張り巡らされて、その外に広がっているのは林だろうか。

差し出された手のひらにしぶしぶと手を預け、エイドリックに馬車から降りるのを手伝ってもらいながら、ミレイアは内心首を捻った。王都にあるアルデバルト侯爵家の別邸といえば、もっとにぎやかで人が行きかう場所にあると昔聞いていたような気がするのだが……。けれど、貴族の別邸は郊外に作られることが多いということも聞き及んでいるので、勘違いしていたか、もしくは新しく建てたのかもしれない。ミレイアの実家とは違い、アルデバルト侯爵家は非常に裕福だ。

広い玄関ホールに入ると、外観よりも遥かに豪奢《ごうしゃ》な造りをした屋敷であることが見て取れた。天井からつるされた中央の大きなシャンデリアの光が煌々《こうこう》と玄関を照らし、足下に敷き詰められた大理石がその光を明るく反射していた。ホールの奥には上の階へと続く螺《ら》旋《せん》状の階段があり、もっと濃い色の大理石が使われていて、豪華な中にも重厚感を醸《かも》し出している。

「いらっしゃいませ、ミレイア様。家人一同、心より歓迎いたします。何なりとご遠慮なくお申しつけください」

この館を取り仕切る初老の家令と、何人かの使用人が玄関ホールで出迎え、ミレイアに頭を下げた。けれど、その迎えに出てきた人たちの中に、アルデバルト侯爵夫妻の姿はない。ミレイアは粗相のないようにと、どぎまぎしながら笑顔を作った。

「ミレイア・ジュスティスです。短い間ですが、お世話になります」

「彼女の部屋の準備はできているかい？」

ミレイアの背後にいたエイドリックが口を挟んだ。その言葉に家令は頷く。

「はい。旦那様のお申しつけどおりのお部屋をご用意いたしました」

「そうか。では先に案内をしよう。ミレイアも長旅で疲れているだろうし」

ミレイアは首を横に振った。

「私は大丈夫です。ただ馬車の中で座っていただけですもの。それよりおば様とおじ様にご挨拶を……」

「嘘を言ってはダメだよ、ミレイア」

諭すような声で言われ、図星を指されたミレイアの頬がうっすら赤く染まる。

「君は長旅に慣れてない上に、今日中にここにたどり着くために、休憩時間もあまり取らなかったから疲れているはずだ。まずは休養をとらなければね」

「……はい」

ミレイアは頷いた。確かにずっと馬車に乗りっぱなしでお尻は痛みを訴え、全身も何となく硬くて重い感じがしていた。鏡を見ていないから確かなことは言えないが、きっと今のミレイアはかなりヨレヨレだろう。そんな姿で侯爵夫妻の前に出るのは気がひける。

「大舞踏会まであとひと月しかない。明日からさっそくその準備に忙しい日々を送ることになるだろう。覚えることもいっぱいだよ、ミレイア。ゆっくり羽を伸ばせるのも、今日までかもしれない」

そのエイドリックの言葉が決め手になった。そうだ、急遽決まったため他の令嬢より準備期間も少ないのだ。明日からやらねばならないことは山ほどある。

「では……お言葉に甘えて先に一休みさせていただきます」

エイドリックはその言葉に頷き「では案内しよう」と言ってミレイアの背中に手を当てて促した。ミレイアは彼に従って階段を上り始める。自分で考えていたよりも疲れていたのか、エイドリックに触れられたことも気にならなかった。いつの間にかエイドリックが傍にいるのが当たり前になっていて、かつてのように彼の言うこともやることも無条件で受け入れ始めていたのだ。けれど、それを意識することはなく、また、階段を上ることに気を取られていたため、傍らのエイドリックの顔にうっすらと酷薄な笑みが浮かんでいたことにも気づくことはなかった。

「君の部屋はここだ」

そう言ってエイドリックが足を止めたのは、今まで通ってきた廊下に並ぶどの部屋のものよりも大きく重厚な扉の前だった。エイドリックが扉を開けて、ミレイアに入るように促す。誰かが先に灯りをつけておいてくれたらしく、中は明るかった。

「これは……」

一歩入ってミレイアはその広さに驚く。実家にあるミレイアの部屋の倍以上の広さはあった。薄い緑色の壁と同じ色の調度品が置かれ、白いレースであちこちが飾りつけられた部屋は、一目で女性のためのものだと分かる内装になっている。

この部屋がとりわけ広く感じられるのは、おそらくベッドが部屋にないからだろう。ミレイアの実家の部屋は真ん中にベッドが置かれ、それがかなりのスペースを占めていた。けれど、この部屋にはそれが見当たらず、部屋の奥に通じる扉があるところを見ると、寝室は別になっているようだった。

「ベッドはこっちだよ」

エイドリックが部屋の奥の扉に向かう。彼に続いてその部屋に入ったミレイアは息を呑んだ。こちらの寝室もかなりの広さがあった。だが、部屋の広さよりもミレイアの目を引いたのが、真ん中に鎮座する大きなベッドだった。花模様をあしらった濃い緑色のベルベッドと白いレースで飾られたその天蓋付きのベッドは、二人……いやゆうに三人の大人が横になれるほど大きくて広かったのだ。

「こ、こんな広い豪華な部屋を私が使ってもよいのですか？」

それはこの屋敷の女主人、もしくは高貴な人を迎えるための特別な部屋のように見えた。男爵令嬢が使う部屋ではない。恐れおののきながら尋ねたミレイアにエイドリックは目を細めて笑う。

「もちろんだとも。今日からここが君の部屋だよ。好きに使うといい」

「あ、ありがとうございます。エイドリック兄様」

ミレイアは気後れしながらも、物語の姫君が住むような部屋に少しだけ胸を高鳴らせながら、あちこちに視線を巡らせた。そして、ふとこの部屋にまた別の扉があることに気づく。それは彼女たちが入ってきた出入り口の反対側にあって、同じような造りの扉になっていた。

「あの扉は……？　バスルームか何か？」

ミレイアはその扉を指差しながら尋ねた。

この時の彼女はまったく警戒心を抱いていなかった。エイドリックはミレイアの指差す扉の方に目を向けてさらりと言った。

「ああ、あそこは僕の部屋に通じる扉だよ」

「……え？」

「あの扉の向こうは僕の部屋なんだ」

そう言ってミレイアに視線を戻したエイドリックの表情は、つい先ほどまでの優しさは消え、慈愛に満ちたものではなくなっていた。うっすら浮かべた笑みと、その黒い瞳の奥にちらついているのは、まぎれもない情欲の炎だ。ミレイアはこんな彼をかつて一度だけ見たことがある。そう、彼女の純潔を奪った時だ。

「……兄様の……部屋……？」

「そう。ここは僕と君、二人で使う寝室なんだよ」

それの、意味するところは――。

ミレイアの心臓がドクンドクンと早打ちを始め、足がガクガクと震え出した。

エイドリックの欲を含んだ視線がミレイアに注がれる。瑞々しいピンクの唇、シュミーズドレスの胸元を押し上げるまろやかなふくらみ、そしてドレスに隠された両脚の付け根へと。

「ここは主人夫婦の部屋なんだ。お互いの部屋が寝室を通じて繋がっている」

そう言うと、エイドリックはミレイアの方に一歩近づく。

「お、おじ様と、おば様は……」

力が入らない足を叱咤《しった》し、ミレイアは一歩下がりながら尋ねた。彼らがいればエイドリックを止めてくれるかもしれない。そんな淡い期待があった。けれど、ミレイアは次にエイドリックが言った言葉に愕然《がくぜん》となる。

「父と母なら王都にあるアルデバルト侯爵邸にいるよ。ここにはいない」

ここにはいない。アルデバルト侯爵邸に……いる？

「そ、それでは、ここは……」

ガクガクと震えながらミレイアは呟く。

「ここは僕の、サーステン子爵の屋敷だ」

エイドリックの唇が弧を描いた。

「ようこそミレイア。君のための鳥籠へ――」

第三章　それは柔らかな檻の中

「私の、鳥籠……？」

　何を言われているのか理解できずにミレイアは目を瞬く。だが、そんなことよりも、今問題なのはここがアルデバルト侯爵夫妻がいる別邸ではなく、エイドリックの――サーステン子爵の屋敷ということだ。ミレイアは城の大舞踏会が行われる時までアルデバルト侯爵家の預かりになるはずだった。二人がいるから大丈夫だと思ったから、王都行きを承諾したのだ。これがエイドリック所有の屋敷に行くのだとはじめから分かっていれば、決して王都に行くことを承知しなかっただろう。

「私を、騙《だま》したの？　最初からそういうつもりで、社交界デビューを餌《えさ》に私を両親のもとから引き離したの？」

　ミレイアは一歩、一歩と後ろに下がりながら尋ねた。けれどすぐ背中が壁にぶつかり、それ以上進めなくなってしまう。エイドリックは追い詰めるようにゆっくりミレイアに近づきながら笑みを浮かべた。

「騙したわけじゃない。社交界デビューのことは父と母の了承も得ている。君に言わなかったのはその準備や君に関する全権を託されたのは僕だということだけ」

「こ、来ないで……！」

エイドリックはミレイアの目の前に来ると、スッと手を彼女の頬に滑らせた。骨ばった男の手に触れられてミレイアの身体がびくっと震える。

「愚《おろ》かな可愛いミレイア。のこのこんなところまで僕についてきて。君に僕の刻印をつけた二年前のことを忘れたのかな？　言ったはずだよね、僕は君の兄なんかじゃないんだ、と」

「あ……」

絶望で目の前が真っ暗になる。

――ああ、なぜ、私は……。

あの時のことを忘れたことなどない。いつもそのことを考えていたはずなのに。いつの間にか昔の、ミレイアにとって彼が全てだった頃の自分に戻っていて、彼の言うことなすことに異議をとなえることなく流されていたのだ。

「……きゃ！」

不意に身体が浮き上がった。エイドリックがミレイアの腰を引き寄せたかと思うと、そのまま抱き上げたのだ。彼はそのまま部屋の中央に置かれた大きな天蓋のベッドに向かう。

「は、放して！」

ミレイアは自分の身体をエイドリックから引き剝がそうとした。けれど、彼女の力ではまるでびくともしなかった。

ベッドに身体が投げ出される。一瞬息を詰めたものの、エイドリックの手が離れた機を逃さず、ミレイアはそのままベッドを這って逃れようとした。だが、力強い腕ですぐに引き戻され、硬くて重い男の身体にのしかかられる。柔らかなベッドが二人分の体重で深く沈んだ。

「いや！」

ミレイアはエイドリックの身体を押しのけようと、やみくもに手を振り回す。二年前は碌《ろく》に抵抗もできなかったが、今のミレイアは酔ってはいない。二度と繰り返させるつもりはなかった。けれどやすやすとその手は封じられてしまう。ミレイアの両手首を頭の上で押さえ込んだエイドリックは、もう片方の手で若草色のシュミーズドレスに包まれたミレイアの身体に手を這わせながら笑った。

「抵抗する元気があるくらいなら、遠慮はいらないかな。二年間も君に触れられず我慢してきたから、僕もセーブできないかもしれない」

その言葉に、ミレイアの頭にカァッと血が上った。キッと目の前のエイドリックを睨《にら》みつけて詰《なじ》る。

「留学先で大勢の女性とお楽しみだったくせに！」

ミレイアの純潔を奪った挙げ句、何も言わずに出国し、手紙一つ寄越すことはなかった。聞こえてくるのは醜聞ばかり。それにどれほど傷つけられたことか。あの時のことを思い出し、ミレイアの目に涙が浮かんだ。

けれどそれを見下ろすエイドリックは笑みを漏らす。更にドレス越しにミレイアの胸のふくらみに手を滑らせながら、嬉しそうに言った。

「ああ、君は嫉妬しているんだね？　でも彼女たちのことは気にしなくていい。何の意味もないのだから」

ミレイアの視線が険しさを増す。繊細で透明感のある彼女の容貌は黙っていれば人形のように見えてしまうこともあるが、この時、彼女の顔は怒りと嫉妬からほんのり紅潮し、エメラルドの目は感情を映して煌めき、別人のように生き生きしていた。

「王女様も？」

「ああ、彼女のことも」

エイドリックはうっとりと微笑みながら、ミレイアの引き結んだ唇に顔を寄せた。熱い吐息が肌をくすぐる。

「可愛い、可愛い、ミレイア。……全部、僕のもの」

「やっ……！　んんっ……！」

唇が塞がれ、エイドリックの舌が入り込んできた。絡みついてくる舌を避けるものの、簡単に捕らえられ、攻めたてられる。上顎を舐められて、ミレイアはぞくぞくと背中を震わせた。キスとはまったく関係のないはずの下腹部に熱が溜まっていき、二年前のことを思い出してミレイアはハッとした。

「や、やめて！」

顔を背け、何とか唇を外そうとする。けれど、反対にがっちり顎を摑まれてしまい、なすすべもなく彼の唇を受け入れる。キスが深まっていくごとに、手足から力が抜けていった。

「ふ……ん、んっ……」

やがてエイドリックが顔を上げた時、ミレイアは息も絶え絶えだった。エイドリックは力の抜けた彼女の手を放し、ひっくり返してうつ伏せにすると背中のドレスのボタンを外していく。ミレイアは呼吸を整えるのに忙しく、はじめエイドリックが何をやっているのか分からなかった。けれど、シュミーズドレスのボタンが外され、露わになっていった素肌の部分に外気を感じてハッと顔を上げた。けれどその時にはすでに遅く、全てのボタンが外され、あっという間に腰のところまで引き下げられてしまう。コルセットもないために、薄手の下着だけを身につけた上半身が晒《さら》される。あまりの無防備さに、ミレイアはシュミーズドレスを選んだことを後悔した。

「！　やめて……！　兄様！」

上半身からだけではなく、ドレスがいとも簡単にミレイアの下半身からも剝ぎ取られようとしていた。手足をばたつかせるミレイアをよそに、エイドリックはあっさりとその若草色のドレスを彼女の身体から引き剝がす。うつ伏せにベッドに押さえつけられたまま、ミレイアの下着がそれに続いた。

一糸纏わぬ姿にされたミレイアはエイドリックの手が離れた瞬間、自分を抱きしめ身体を丸めて彼の目から隠そうとした。けれど、エイドリックは彼女の手を摑んで強引に引き剝がし、頭上で押さえつけてしまう。白くて丸い、形のよい胸がエイドリックの目に晒された。

「いやぁ！」

「隠してはだめだよ、ミレイア。……ああ、二年前より、大きくなったかな？」

エイドリックはそう言って、片手をふくらみに伸ばした。まだ少女の域を脱していなかった二年前より確かにミレイアの身体は成長していた。細い腰と若々しく張り出した胸とのメリハリが、よりいっそう匂いたつような女性らしさを醸し出している。

片方の胸のふくらみをエイドリックの手に摑まれたミレイアは息を吞んだ。薄紅色の胸の先端が、彼の手の中でたちまち尖《とが》り始める。ワインを飲まされ酔っていたとはいえ、二年前、この男の手によって散々胸を弄ばれたことは記憶に残っている。ミレイアは拘束から逃れようと猛然ともがき始めた。

「暴れないでミレイア」

「放して！　いや！」

「困った子だね」

エイドリックはくすっと笑うと胸を摑んでいた手をミレイアのうなじに滑らせると、唯一その時身につけていた髪の赤いリボンを解いて外した。そしてそのリボンでミレイアの両手首をあっという間にぐるぐる巻きにして固定してしまう。

「や、やだっ！　外して！」

ミレイアは括《くく》られた両手を動かして何とか外そうとする。けれど、がっちり巻かれたリボンは強力な枷《かせ》となってミレイアの自由を奪う。もがいたせいでリボンに擦られた手首が痛かった。ミレイアを押さえつける必要のなくなったエイドリックは、その胸にも手を滑らせ、肌にキスをしながら笑う。

「ミレイア。暴れちゃだめだよ、手首に傷がついてしまう」

「だったら外して！」

「君が僕に素直に身を任せるならね」

だがそれこそできない相談だ。口をきゅっと結ぶミレイアを見て、エイドリックはくすっと笑うと彼女の耳たぶに歯を立てた。

「ならば、そのままで僕をその身に受け入れるといい。ミレイア、知ってるかい？　君の白い肌にその赤いリボンはとても扇情的に映えるんだ。二年前と同じように、今度も君のその純白な翼に僕の赤い所有の印を刻んであげる。自由を求めて逃げ出してもすぐに僕の腕の中に戻ってくるように――」

熱い吐息と共に耳に流されるその情欲に満ちた言葉に、ミレイアはぶるっと身を震わせた。けれど、それは怯えだけでなく、何か別のものが入り混じった震えだった。

「あ、んぅ、ん、んっ、あ、あン、あぁ」

ぎしぎしとベッドが軋みを上げた。ぐじゅ、ぐちゅという濡れた粘着質な音と、肌がぶつかる乾いた音が寝室にこだましている。けれど、それよりもなお高く大きく響くのは、ミレイアの口からひっきりなしに上がる嬌声だった。

ミレイアは赤いリボンで括られた腕を頭上に投げ出し、ベッドで大きく脚を開いて、蜜壷にエイドリックの剛直を深々と受け入れていた。薄紅色に染まった身体が、エイドリックに奥深く打ち込まれるたびに揺れ動き、涙を零しながらも濡れた桃色の唇を割って甘い悲鳴が漏れる様は、とても淫らで、彼女を攻めたてているエイドリックの欲望を更に煽った。

「あ、あああっ、んんっ、それ、だめぇ……！」

奥深くに埋められたまま揺さぶられて、ミレイアはぴんっと背中を反らして泣き言を漏らす。けれど、聞いてはもらえず、感じる場所を執拗に突かれて更に高い悦びの声がその口から上がった。

ミレイアはすでにこの甘い責め苦がどれほど続いているのか、分からなくなっていた。手首を赤いリボンで括られた後、散々手と口と舌によって全身をくまなく探られ嬲られて、何度も絶頂に達した。もう彼女の身体でエイドリックが触れていない場所はないほどだ。

肌だけでなく秘めやかな部分も彼の指や舌によって散々蹂躙《じゅうりん》された。エイドリックの長い指を三本も媚肉に受け入れながら、敏感な花芯を彼の舌で責められ嵐のように襲いくる快感に何度も狂わされた。

ミレイアは酔いながら純血を奪われたあの夜に与えられた快感を、この身が少しも忘れていなかったことを思い知らされることになった。ずっと埋もれて表に出てこなかった官能の炎を、エイドリックが一つ一つ暴き、思い出させ、灯していく。ミレイアはそれに翻弄され深い悦楽に溺れていった。

エイドリックは腰の動きを止めると、奥深くに自分を穿ったまま、ミレイアの姿勢を横向きに返した。

「ひゃあ！」

纏わりつく媚肉を抉るように、胎内で角度を変えていく肉茎に粘膜や内壁を擦られて、ミレイアは甘い悲鳴を上げた。エイドリックはミレイアの片足を持ち上げ、肩にかけて大きく開かせるとゆっくり律動を再開させる。

「あ、あっ、や、んぁ……」

横向きの体位になったことで、今までとは違う角度で胎内を抉られ、ミレイアは新たな快感に身を震わせた。括られた両手でシーツを掴み、打ちつけられる衝撃に耐えようとする。エイドリックは手を伸ばすと、繋がっている部分の上にある充血した花芯を摘んで捻り上げた。それと同時に奥深くにずんと打ち込まれて、ミレイアの口から嬌声がほとばしった。

「ひゃあ、ああ、あぁぁ！」

脳天を突き抜けるような快感に胎内が蠢き、彼の楔を熱く締めつける。エイドリックはその媚肉を纏いつかせたまま肉茎を引き抜き、再び花芯を指で弄りながら奥に打ちつける。ミレイアはまた悲鳴を上げた。

「ここ弄られるの、やっぱり好きみたいだね、ミレイア。口で可愛がってあげた時も、すごく反応がよかった。処女を失ってから初めての交わり、しかも二年振りなのにね」

エイドリックはくすくす笑いながらミレイアを言葉で嬲る。

「僕の小さなお姫様は可愛い顔をして、実は淫乱なのかな？　ああ、ほら、今すごくきゅっと締まったよ、分かるかい？　淫らな言葉で感じるなんて、本当にいけない子だね」

「あっ、あ、ん、んんぅ」

否定したくてもミレイアはエイドリックの性技に乱されて、喘ぎ声しか漏らすことができなかった。それに、彼の言うことは本当で、言葉で淫らに嬲られるたびに、胎内がきゅんきゅんと悦ぶように震えて、彼の肉茎に絡みつくのだ。自分の淫らさに目の前が真っ黒になりそうだった。

「ん、あ、ああっ、いや、やぁ……」

ミレイアは頭を振っていやいやと繰り返す。けれどもう何が嫌なのか自分でも分からな

くなってきていた。きりきりとミレイアの内側で官能が高まっていく。これが何の感覚であるのかは分かっている。再び達しようとしているのだ。

「っん、いやっ、また……！」

「イキそうなの？　いいよ、ここを弄られながらイクといい」

エイドリックはミレイアの膣にずんと楔を打ち込みながら、花芯をぐりぐりと押しつぶした。ミレイアの目の前にパチパチと火花が散った。

「ああっ、いやぁぁぁ！」

エイドリックの手で急速に追い上げられ、ミレイアは再び絶頂に達した。

エイドリックは荒い息を吐きながらベッドにぐったりと沈むミレイアの片足を肩から外し、今度は彼女を仰向けにする。ミレイアの括られた両手を持ち上げ、その間に頭をいれると身体が上から下までぴったりと重なり合うように覆いかぶさった。ミレイアはエイドリックの重みを全身で受け止め、まだ絶頂の余韻からさめないまま、再び始まった抽挿になすすべもなく揺さぶられる。今度は先ほどまでのミレイアをいたぶるような、余裕のある動きではなかった。彼が、自身の欲望を解放させるための動きだった。

「あ、ん、ん、あ、くぅ、ん」

ずんずんと痛いくらいに突き上げられ、激しく揺さぶられて、ミレイアは喘ぎを漏らしながらエイドリックの肩に括られた両手で抱きついた。思考は形にならず、今の彼女にはエイドリックからもたらされる快楽が全てだった。

「……っ、ミレイア……！」

荒い吐息と共に彼女の名を口にしながら、エイドリックがいっそう腰を激しく強く打ちつけてくる。ミレイアの胎内で張りつめ質量を増していく楔が、そろそろ彼の限界が近いことを示していた。ミレイアは激しい律動に人形のように揺さぶられながら、その時を待つ。

――やがて、エイドリックはひときわ強くミレイアの中を穿った後、中で爆ぜた。

「あ……あああ！」

楔の先端から放たれた白濁がミレイアの奥に満ちていく。胎内で広がる熱に、ミレイアは背筋に震えるような快感が駆け上がるのを感じた。エイドリックの首にしがみつき、無意識のうちに彼の腰を脚で挟みながら、ひときわ高い嬌声を響かせた。

「あ、また、あ、あああぁ！」

ミレイアは彼の白濁を受け入れながら再び絶頂に達した。彼女の媚肉が蠢き、エイドリックの剛直に更なる射精を促すかのように熱く締めつける。貪欲に精を求める胎内に、エイドリックは迷うことなく二度、三度と白濁を吐き出した。それが実になり彼女を縛る枷となるように願いながら。

全てをミレイアの中に放出したエイドリックは顔を上げ、身体を震わせながら放心しているミレイアの汗ばんだ額に手を触れた。火照《ほて》った顔にやや冷たい手の感触は気持ちよくて、ほぅと息を吐きながら、ミレイアは目を閉じる。そのとたん、意識が急速に遠のいていくのを感じたのだった。

エイドリックは息を整えながら、繋がったまま気を失ったミレイアを見下ろした。目を閉じたミレイアは少し幼く見え、まるで二年前から変わっていないように見える。エイドリックは涙の跡の残る頬にキスを落とすと、肩に回されたミレイアの腕の中から抜け出し、熱く締めつけたままの蜜壷から己を引き抜いた。ミレイアはピクリともしない。けれど、引き留めるかのように最後まで絡みついてきた襞と、栓《せん》を失い空洞になったその場所から、己の放った白濁とミレイアの蜜が混じったものがトロトロと零れシーツを濡らしていく様が、先ほどまでの熱狂の時間を伝えていた。

エイドリックはミレイアの両手首を括っていた赤いリボンを外す。拘束から逃れようともがいたせいだろうか、皮が剝けて血がにじみかけている場所もあった。彼は白い肌に残った痛々しい跡に唇で触れながら呟く。

「バカな子だね、君は。本気で僕から逃れたければ、この二年間が最後のチャンスだったのに」

エイドリックは遠い地にいて、奴らのせいでミレイアに干渉することもできず、もし仮に彼女が誰かと結婚しようとしても、どうすることもできなかっただろう。

「でも、君はそのチャンスを逃した」

エイドリックは、彼に愛された跡も痛々しい姿のまま眠るミレイアを見下ろし、その顔に愉悦の笑みを刻みながら囁いた。

「ミレイア。もう放さないよ。君は永遠に僕のものだ」

＊＊＊

「ミレイア様、仕立屋が参りました。お通ししてもよろしいでしょうか？」

ぼんやりと本に目を落としているミレイアに、彼女のお付きの侍女であるソフィアが声をかけた。

「まぁ、もう、そんな時間？」

ミレイアはハッと顔を上げて、チェストの上の美しい金の置き時計に目を向けると、ソフィアに言った。

「ええ、いいわ。お通しするように伝えて」

ソフィアがそれを伝えに扉の外に姿を消すとミレイアは浮かぬ顔をしながらソファから立ち上がった。柔らかな午後の陽が差し込むガラス窓に足を向けると、そこから見える風景をぼんやり見つめる。窓からは色とりどりの花壇が並ぶ中庭と、ぐるりと屋敷を取り囲む金色の高い柵が見え、その向こうに生い茂った木々が立ち並ぶ林が広がっていた。

緑豊かな、美しい屋敷。けれど、それはミレイアを閉じ込める鳥籠でもあった。

――エイドリックの屋敷に囚われてから半月が経過していた。

ミレイアを家族のもとから引き離し、彼の手の内に閉じ込めるための口実だと思われた社交界デビューの話だったが、エイドリックの言うとおりそれは本当の話であったようで、ミレイアのもとには連日ドレスの仕立屋や装飾品を納品する業者、それに、デビュタントの心得や城での作法を教える教師などがひっきりなしに訪れていた。

一番驚いたのがドレスだ。ドレスを仕立てるのにはとても時間がかかる。城の大舞踏会で社交界デビューする時のドレスは既製品ではなく注文して仕立てるのが一般的だ。なぜなら、色は白と決められており、肩を出したり、ベールが長いものはご法度という細かい決まりがあるからだ。もちろん既製品でもそれに該当するドレスはあるにはあるが、どうしてもありきたりなデザインになってしまうため、社交界デビューをする娘は半年以上も前から仕立屋を呼んでデザインの相談をしたりと準備に時間をかける。けれどミレイアの大舞踏会への参加は急遽決まったことで、準備する間もないことから、ドレスは既製品のものを着ることになるだろうと思っていた。

ところがエイドリックの母親であるアルデバルト侯爵夫人が半年以上前から仕立屋にミレイアのためのドレスを注文してくれていたという。しかも前もって仕立屋にデザインを相談して決めて、おおよそのサイズも伝えてあったことから、仮縫いの状態まで仕上がっていたのだ。これなら後はサイズの微調整で済み、十分舞踏会に間に合う。

最初それを知った時、ミレイアは侯爵夫人の心遣いに涙した。けれど、同時に悲しさと申し訳なさに居たたまれなくなった。こんなに目をかけてもらっているのに、今の自分は毎晩のようにエイドリックに抱かれている。彼の愛人……いや、娼婦同然で、顔向けできない立場に成り下がってしまった。エイドリックのせいとはいえ、ミレイアは侯爵夫妻に対する申し訳なさで胸がつぶれそうになる。

——ごめんなさい、おば様、おじ様。

けれど、ミレイアにはエイドリックに囚われ、自由を奪われ、なすすべもなかった。もちろん、最初は逃げ出そうとした。けれど、ソフィアをはじめ、この屋敷に住む使用人たちは皆エイドリックに忠実で、彼女がどんなに屋敷の外に出たいと願っても、断られてしまう。それどころか部屋から一歩出るだけでも、常に人目が追いかけてきて、監視されている気さえしてしまう。そしてそれはあながち間違った認識ではないだろう。

ミレイアは一度、ソフィアがいない隙に部屋をこっそり抜け出して、誰にも見られないように隠れながら、使用人が使う裏門から外に出たことがあった。王都まで行き、アルデバルト侯爵家の別邸までたどり着いて助けを求めるつもりだった。けれど、使用人が使う通用門を抜けたところでミレイアの足は止まってしまった。右も左も、王都がどっちの方角にあるのかさえ分からなかったのだ。ここは郊外で人通りも少ない。誰かに助けを求めることもできないのだ。

ミレイアは呆然と立ち尽くした。屋敷の者がミレイアがいないことに気づき、すぐさま彼女を探して連れ戻しに来るまで。

――逃げられない。逃げ出せない。その手段もない。誰も味方はいない。

自分は籠の中の鳥なのだと、否応なく思い知らされた出来事だった。そしてそれ以来、ミレイアは逃げ出そうとするのをやめた。


「ではミレイア様。お休みなさいませ」

一箇所だけ残し、部屋のランプを消した後、ソフィアが戸口で頭を下げた。

「お休みなさい、ソフィア」

ナイトドレス姿のミレイアはソフィアにそう挨拶すると、唯一残ったテーブルの上のランプの前で、彼女の姿が扉の向こうに消えるのを見送った。一人になったミレイアを静寂が包み込む。ソフィアはミレイアがこれから最後のランプを消して寝室の方に向かうのだと思っているだろう。だが、ミレイアは動かない。部屋の中でじっとたたずんでいた。

ここに囚われた日から、自分から寝室に足を踏み入れたことはない。逃げ出すことを諦め流されるままエイドリック専属の娼婦のような生活を送っているミレイアだが、決してこの状況を望んでいるわけではないとエイドリックに示すために、これだけは譲れなかった。

その時不意に、寝室から音がした。きっとエイドリックが自分の部屋から寝室に入ったのだろう。ミレイアの胸に重苦しいものがのしかかる。寝室へ通じる扉に嫌々ながら目を向けると、その扉が開いてエイドリックが姿を現した。彼は上着は羽織っておらず、ドレスシャツにトラウザーズというういでたちだった。

「強情だね、ミレイア」

エイドリックはくすくす笑いながら足を進めると、根っこが生えたように足が動かないミレイアを後ろから包み込むように抱きしめる。薄いナイトドレスを通して、エイドリックの体温が背中に感じられ、ミレイアの身体がぶるっと震えた。

エイドリックは少し身をかがめて、ミレイアの耳朶《じだ》を軽く食みながら言う。

「そんな君も可愛いよ。知ってる？　そうやって意地を張るくせに、最後は僕の手の中で蕩けて淫らになっていくのを見るのが、僕のひそかな楽しみなんだ」

「……っ」

ミレイアの顔がカァッと赤く染まった。羞恥《しゅうち》に目が潤む。

……けれど、エイドリックの言うことを否定できなかった。毎日のようにエイドリックに抱かれ、すっかり快楽に慣らされた身体は容易に彼の手に堕ちてしまう。いくら心が拒否しても、いつも身体が裏切り、彼の意のままになっていく。

ああ、ほら、今日もまた……。

エイドリックの手がナイトドレスの肩紐を下げた。脱がせやすいようにデザインされた服はそれだけでミレイアの身体から滑るように剝がれ落ち、足下に白い輪を作る。すぐにドロワーズがそれに続き、瞬く間に全裸にされたミレイアの白い裸体がランプの明かりに照らされ、薄暗い部屋に白く浮かび上がった。白くまろやかな胸の先端はすでにぷっくり膨らんで立ち上がり、ミレイアの身体が小刻みに震えるたびにふるふると誘うように揺れていた。

エイドリックは後ろからそのふくらみに手を滑らせると、先端をきゅっと摘みあげる。

「……んっ」

ミレイアの口からくぐもった声が漏れた。ゾクゾクと背筋を快感が駆け上がる。両脚の付け根にジワリと蜜が染み出していく。

エイドリックはミレイアの耳の後ろの感じる場所に濡れたキスを落としながら囁いた。

「ミレイア。ベッドに行こう。君が狂いそうになるくらい、愛してあげる」

その言葉に応えるように、下腹部がきゅっと疼いた。ミレイアは震えるような吐息を漏らしながら、ぎゅっと目を閉じ、今日もまた自分を差し出した。

「僕のお姫様は後ろからされるのが好きなのかな？　すごく吸いついてくるよ」

「んっ、あ、あっ、くぅ、や、やぁ……」

ミレイアは広いベッドに四つんばいになり、腰だけ高く上げさせられて後ろからエイドリックに貫かれていた。剛直がミレイアの奥を穿つたびに二人が繋がった場所から聞くに堪えない粘着質な水音と、肌と肌がぶつかり合う乾いた音が響いて部屋の空気を震わせる。

白い双丘を突き出し、性器だけ繋げて生贄のようにエイドリックに捧げる姿は、ミレイアにとっては羞恥でしかない。けれどすでに何度も狂わされエイドリックの白濁を受けた身では、もはや力が入らず、顔と胸をシーツに伏せたまま蹂躙されるしかなかった。しかも伏せているせいで、奥をずんと穿たれるたびに身体が揺れ、尖って膨らんだ胸の先端がシーツに擦れて思いもよらぬ快感を生み出していた。突っ張ろうとしても力を失った手はシーツを掻きむしることしかできない。

「あんっ、や、い、ぁ」

「ふふ、いやらしいね、ミレイア。腰が動いているよ」

　エイドリックはくすっと笑うと、蜜と白濁にぬるむそこを穿ったまま腰で円を描いた。

「あ、ああっ、んン、ひぁ、それ、だめぇ……！」

　蜜壷を太いもので掻き回される動きにミレイアは甘い悲鳴を上げた。けれど無意識のまま、突き出した双丘がビクビクと震え、彼の動きに追従するかのように動き始める。いつの間にか彼の不規則な腰の動きに合わせて彼女は自ら腰を波打たせていた。

「や、あ、あン、ど、どうして……？」

　ミレイアはそんな己に気づいて愕然とする。エイドリックは彼女の腰を掴んでいた手を下腹部に滑らせながらねっとりとした口調で囁いた。

「それは君が僕のものだから。心が認めていなくても、君の頭と身体はもうとっくに理解している。だから僕にこうして応えようとするのさ」

「そ、んな、違う、違う……。私は兄様のものじゃ……」

ミレイアは頭を振った。否定するためと、頭をはっきりさせるためだ。

エイドリックは腰の動きを止め、ミレイアの、先ほどもたっぷり彼の白濁を受け入れた子宮のあたりを優しく撫でながら言った。

「君は僕のものだよ。それはもう昔から決められていたことだ」

「違います……！」

「僕の屋敷に住み、僕が与えた食事をとり、僕が与えた下着と服を身に着けていても？それで僕のものじゃないって？」

エイドリックは可笑しそうに笑う。その言葉はミレイアにはまるで鞭《むち》のように響いた。ミレイアはシーツをぎゅっと握り締める。けれどその手はかすかに震えていた。

「それは……私の意志じゃ……」

「けれど、こうなることは予想できたはず。それでも君は僕のところに来た、そうだろう」

ミレイアは息を呑んだ。否定できなかった。ミレイアはエイドリックのもとへ来ることを不安に思いながらも、それに目を瞑ってしまったのだ。

「君の身体も、君の頭の中もすでに僕のものなんだよ。なのにどうして心だけは強情を張るんだろうね？　ここは悦んで僕を迎えてくれるのに」

エイドリックはそう言って、下服部を撫でていた手をぐっと押した。そこはミレイアの蜜口から子宮に向かう道で、まさしくエイドリックの肉茎を受け入れている部分でもあっ

た。それがぐっと圧迫されるように押されたことで、膣にうずめられたエイドリックの大きさや形、張り出した部分、生き物のように脈打つその様まで克明にミレイアに伝わってくる。ミレイアは伏せていた顔をハッと上げ、恐る恐る視線を後ろに向けた。エイドリックはミレイアと目が合うと口の端を上げ、腰の動きを再開させる。そして奥を穿ちながら、その手でぎゅうぎゅうと下腹部を圧迫した。

「あ、や、いやぁ」

ミレイアの媚肉をエラの張った部分が擦りあげていく様が鮮明に感じられて、ミレイアの口から悲鳴とも嬌声ともつかない声が上がる。分かるのは彼の形だけではない。彼に絡みつき、きゅうきゅうと締めつける自分の胎内の動きすらも、まざまざと感じさせられた。

「ふふ、嬉しそうに君の中が僕を呑み込んでいるの、分かるかい？」

ぬちぬちと淫靡な水音を立てて、肉茎を抽挿させながら、エイドリックは笑った。ミレイアはイヤイヤと首を振る。

「いや、押さないで、押しちゃ駄目……！」

——これ以上、淫らな自分を見せつけないで……！

けれど、エイドリックはずんと奥を穿ちながら、更にミレイアを追い込んでいく。

「可愛い、可愛い、ミレイア。僕は君のことなら、君以上に知っている。例えばなぜ急に君が男性に怯えなくなったのか、とかね」

ミレイアはハッとする、けれど、すぐに奥の感じる場所を太い部分でからかうように突かれて全身を震わせた。

「あ、はぁ、ん、ぅ、ん……」

「君は男性が怖いんじゃない。そう思い込んで自分から避けていただけだ。僕に犯されたことは単なる口実だ」

そう言ってエイドリックはうっとり笑った。

「ミレイア、君は覚えているかい？　あの日、僕の子種を受けて気を失っていく君に、僕が言い聞かせたことを。『決して他の男に身をゆだねてはいけない。帰ってくるまで僕のことだけ考えて待っているんだ』って言ったんだよ。だから君の頭と身体はそれに従順に従ったんだ。僕への操を守るために。君にとって他の男は……特に適齢期の男は近づいてはいけない相手だったから」

「ち、違っ、私は、あ……ん、ほ、本当に……！」

「ならば、なぜ僕が帰ってきてから、君は男性に怯えないの？　その必要がなくなったからだよ」

「違う、私は……」

ミレイアは頭を横に振った。そんなこと信じられなかった。けれど、彼の言うとおり、エイドリックが帰ってきて以来ミレイアの男性に対する怯えは嘘のようになくなっていた。兵士や男の使用人たちとも平気で話せるようになった。ミレイアはそれを環境が変わったからだと思っていたのだ。でも……。

ミレイアの背中にぞっと震えが走った。彼の言うことが本当だとしたら、ミレイアは無意識のうちに彼の言葉に従い、自分すらも欺《あざむ》いていたことになる。

『君の身体も、君の頭の中もすでに僕のものだよ』

——私は、私は……。

「あ、ああっ、ん、んんっ、ぁあ……」

エイドリックの動きが速くなる。感じる部分を執拗に突かれて、ミレイアは甘い悲鳴を上げた。彼の身体がぴったり重なるように覆いかぶさってきて、重みで更に深く突き立てられる。お腹を圧迫していた手が、今度はミレイアの秘裂に向かい、薄い茂みの中に充血した蕾を捕らえた。

「ああ、んんっ！」

その指に翻弄され激しく揺さぶられて、ミレイアは嬌声を上げながら快楽にその身を明け渡した。

「可愛い、従順なミレイア。君は僕のものだよ、永遠にね」

後ろから再び白濁と共にそんな言葉が流し込まれて、朦朧とした意識の中で、ミレイアの中に彼の存在が深く刻まれていった。

第四章　惑わす言葉と揺れる心

社交界デビューをする大舞踏会の日がやってきた。ミレイアはソフィアの手を借りて、この日のためだけに作られた白いドレスを纏う。

デビュタントのドレスは、白色であること以外にもいくつか細かい決まりがあるが、それをクリアすればデザインは自由だ。レースを重ねたふわふわなドレスを着る者もいれば、大胆に胸元を開けて身体のラインを強調するドレスを着るデビュタントまでいる。ミレイアのためにアルデバルト侯爵夫人が注文したドレスは、ハイネックのとてもシンプルなオフホワイトのドレスだった。けれど、よく見るとその光沢のある生地には同色の細かい刺《し》繍《しゅう》が施されており、首や胸元、それに肩からパコダスリーブ袖《そで》にかけての部分はチュールレースで作られていて、彼女の肌がうっすら透けて見える造りになっていた。確かにパッと人目を引く華やかなデザインではないが、そのドレスは彼女の繊細な顔立ちによく合っていて、一度目に留まれば、その優美な姿を目で追わずにはいられない不思議な魅力があった。

「綺麗だよ、ミレイア」

彼女を迎えに部屋にやってきたエイドリックはその姿を目にして、微笑んだ。

「あ、ありがとうございます」

ミレイアは頬を染めながら答えたが、その次に、エイドリックが言った言葉にぎょっと目を剝いた。

「でも、その姿を他の男の目に晒さないといけないのだと思うと、君をここから出したくなくなるな。行くのを取りやめにするかい？」

冗談めかして言っていてもその目は妙に真剣だった。もしここで仮にミレイアが頷いたら、彼はおそらく本当に出席を取りやめてしまうだろう。今となっては社交界デビューをしたい気持ちは皆無だが、このドレスを調えてくれたエイドリックの母親の気持ちを無駄にしたくない。それに大舞踏会にはアルデバルト侯爵夫妻もきっと出席するはずだ。会って直接お礼も言いたかった。ミレイアは慌てて首を横に振った。

「ダメです、エイドリック兄様。今日のために私は王都に来たのですから」

「……そうだったね。もっとも、君をこっちに連れてきた主な理由は社交界デビューではないのだがね」

意味ありげに言われ、ミレイアの喉がこくんと鳴った。その言葉はエイドリックにとって社交界デビューがやはりミレイアを男爵家から連れ出す口実でしかなかったことを示していた。毎晩のようにベッドの上で行われる激しい交わりが脳裏をよぎり、お腹の奥がざわめく。

けれどエイドリックは不意に何かを思い出したようで、その顔に苦笑めいたものを浮かべた。

「でも、今日ばかりは行かないと。本音は安全なここで君を囲っていたいのだけど、殿下が君に会わせろとうるさいのでね」

「で、殿下？」

彼の言う殿下とは第二王子のマリウスだろうか。

彼がミレイアに会いたがっている？　なぜ？

困惑する彼女をよそに、エイドリックは彼女の手を取り、その甲にキスをして言った。

「さぁ、行こうか、僕の小さな姫様。城の、大舞踏会へ――」

「ミレイア、そんなに緊張しなくても大丈夫。国王も王妃もお優しい方だから」

エイドリックは、ミレイアと共に案内役の侍従の後について豪華な廊下を謁見の間に向かいながら、彼女にそっと声をかけた。

「で、でもエイドリック兄様、田舎の男爵家の令嬢が陛下から直接お声がけいただくなんて、恐れ多くて……」

赤い絨毯《じゅうたん》の上を歩くミレイアの動きはその言葉とは裏腹にとても滑《なめ》らかだったが、エイドリックの手に添えたその手は小刻みに震えていて、彼女の緊張を如実《にょじつ》に伝えていた。

控えの間で何人かのデビュタントやそのパートナーたちと謁見の時間を待っている間は、皮肉にも彼らの視線が気になってここまで緊張することがなかったのだが……。

大舞踏会は日が落ちてから開催されるが、王との謁見は昼間に行われる。人数が多いので時間で区切られ、謁見の間の近くにある控えの間に待機して、一組ずつ呼ばれる決まりだ。エイドリックとミレイアは二つ目の控えの間に案内された。一人一人の謁見時間はそれほど長くないので、待つ時間はそれほどではないが、自分より身分の高いデビュタントたちの目が気になってしまうミレイアには苦痛だった。

社交界デビューをしていない彼女たちはエイドリックを直接知ることはない。けれどパートナーを務める男性——それは彼女たちの兄弟であったり、親類だったり、許嫁《いいなずけ》であったりする——は、社交界にすでに出入りしているのでエイドリックを知っている。彼らからエイドリックのことを聞いた令嬢たちが皆、侯爵家の嫡男で王族からの覚えもめでたいエイドリックに熱い視線を注ぎ、その彼が連れているミレイアにも注目するのは当然の成り行きだった。興味、妬《ねた》み、蔑《さげす》みといった様々な視線がミレイアに注がれ、彼女を萎《い》縮《しゅく》させた。もっともそれらはすぐにエイドリックの冷たい一瞥《いちべつ》で止んだが、ミレイアに不相応な場所にいることへの引け目を感じさせるのには十分だった。

比較的早く呼ばれたことで苦痛の時間は長引かなかったが、その劣等感は尾を引き、こうして謁見の間へ向かう間も緊張に加えて自己卑下《ひげ》の思いが拭えなかった。本当に自分はここに来て良かったのだろうか？

「大丈夫だよ、ミレイア。デビュタントの中には男爵家の令嬢だって何人もいる」

「それは分かっていますが……」

ミレイアの場合はパートナーが問題だ。今をときめく独身の紳士の一人であるエイドリック。その彼が連れている彼女は否応なく注目されてしまう。これがまた違う男性だったらこんなにじろじろ見られることはなかっただろう。もっとも、ミレイアは自分の容姿が十分男の視線を集めるものであることに気づいていない。月の光を集めたような見事な淡い金髪に、夢見るように開かれた宝石のような翠の瞳、抜けるような白い肌。華奢な体つき。どこか浮き世離れしている容姿が、デビュタントの白いドレスと相まってまるでこの世のものとは思えない雰囲気を見るものに与えていることに。

……その日、サーステン子爵が連れているデビュタントは、まるで妖精のような令嬢だと、瞬く間に男性陣に広まったことに、ミレイアが気づくことはなかった。

謁見の間の扉にたどり着いたミレイアは、大きく息を吸う。

『いいこと、ミレイア。高貴な人と会う時に緊張するなとは言わないわ。けれど、オドオドしてはダメ。そして、不遜でもダメ。まっすぐ前を見て、胸を張って、礼儀正しく。これが基本よ。相手が好意を持っていようが悪意を持っていようが、付け入る隙を与えないこと』

いつだったか招かれたお茶会の席で、侯爵夫人が言っていた言葉が脳裏をよぎる。社交は苦手と公言してはばからない夫を助け、エイドリックが成人するまでアルデバルト侯爵家の社交面一切を取り仕切ってきた夫人は、ミレイアの憧れの女性だ。彼女や後見人になってくれたアルデバルト侯爵のために、絶対に失敗は許されない。

侍従が扉の前で声を張り上げる。

「エイドリック・サーステン子爵、並びにミレイア・ジュスティス男爵令嬢のご入室です」

その言葉の直後、目の前の大きな扉が音を立てて開いていった。励ますようにミレイアの手を取るエイドリックの手に一瞬だけキュッと力が入るのを感じる。見上げたミレイアにエイドリックが微笑んだ。

「大丈夫、君ならできるから」

それはかつての彼が彼女にいつも見せていた、穏やかで慈愛のこもった笑みだった。その笑顔に包まれているとミレイアはいつだって安心できたものだ。守られているのだと、彼がいるから大丈夫だと、心から思えることができた。その時のことが蘇ってくる。いつだって彼が傍にいれば平気だった。だから今度だって……。

「いくよ、ミレイア。これが淑女への第一歩だ」

ミレイアはその言葉に笑顔で頷く。そして一歩を踏み出した。

謁見の間はさすが一国の王が来賓《らいひん》を迎えるだけあって、広くて壮麗だった。天井から床に至るまで精巧で華やかな装飾が施され、置物一つを取っても華美で、まさしく絢爛豪華《けんらんごうか》という言葉にふさわしいものだった。部屋の奥は一段高くなっており、椅子に座った人物が二人並んでいる。言うまでもなく国王と王妃だ。その一段下の脇にそれぞれ立っているのは王族だろう。彼らより少し離れた下座にいるのは護衛の兵士と王の側近たちだ。扉の前から玉座の前まで敷かれた赤い絨毯の上をエイドリックと共にゆっくり進みながら、ミレイアは前を向いたまま素早く玉座に視線を走らせた。

国王と、外国から輿入れしてきた王妃は共に壮年といえる年齢で、長年二人三脚でこの国を治めてきた。夫婦仲は良好と聞く。唯一残念な点は二人の間に王女しかできなかったことだが、それでも王は王妃を気遣い、いつでも彼女を立てることを忘れない。王妃ははっと目を引く容姿ではないが聡明で知られ、王とこの国を公私にわたって支えてきた。一国の王と王妃はこうあるべきだという見本のような夫婦だ。

けれどその王には側室が二人いた。今は共に亡くなっているが、側室をつくることは自分にこれ以上子供ができないと知った王妃の勧めだったという。そのため、よく物語であるような王妃と側室たちのドロドロの争いは起きず、それぞれの側室に王子が生まれた時は王妃が大いに労《ねぎら》ったというから驚きだ。自分であったら夫と別の女性との間に子供が生まれても祝福する気持ちにはなれなかっただろう。本当のところはどうだか分からないが、王や王妃、それに二人の側室の仲が険悪ではなかったのは確かなようだ。

けれど、その子供たちはどうだろうか。ミレイアはちらっと玉座の両脇に控える若い男性たちに視線を向けた。王都から離れた田舎で生まれ育った彼女のもとにも、王と王妃、それに二人の王子と王女の絵姿くらいは届いているので、すぐに彼らが誰なのか分かった。

王妃の側に立つ、少し長めの明るい金髪に鮮やかな緑色の瞳を持つ青年が、エイドリックの仕えている第二王子のマリウスだ。歳は二十一歳で、容姿にはまだ少し子供っぽさを残している。けれど若くして亡くなった母親の代わりに王妃に育てられただけあって、頭の回転が速くて博識で、人当たりもよく、その気さくな性格で多くの臣下に慕われているようだ。

ミレイアは次に、王の隣にいる背の高い男性に視線を向けた。肩先まである栗色の髪に緑の瞳を持つ第一王子のウィレムだ。マリウス王子より一歳年上の二十二歳で、軍部に所属していたこともあってか体格はややがっしりしている。彼はギルドラン伯爵家の養女が産んだ子供で、彼女が幼い彼を残して流行病で亡くなった後、育てたいと申し出た王妃の言葉を辞退してギルドラン伯爵が後見人となって養育にあたった。そのせいか、王妃や王女と仲のよいマリウスとは対照的に、他の王族とは少しギクシャクしているそうだ。性格は少し尊大なところがあり、女性関係も派手で、あまり評判はよろしくない。長く王都で暮らし、王族の事情にも詳しい家庭教師の老博士によれば、ウィレムを産んだ母親は伯爵家の養女になる前は子爵令嬢だったということで、彼は血筋に対してコンプレックスを抱いているのだという。そのせいで、それぞれを王太子にと望む一派が対立を煽るまでもなく、ウィレムが血統の良い異母弟のマリウスを嫌っているのは公然の事実であるらしい。確かに異母腹とはいえ兄弟だというのに、彼はマリウスの方をまるで見ようともしなかった。

ミレイア自身は彼らと会って話をしたこともないので、果たしてその伝え聞いたことが本当かどうかは判断がつかない。だからこそ老博士も他人の言うことを鵜呑《うの》みにするのではなくて、自分の目で見て聞いて確認するようにと言ったのだろう。だが、どうしてもミレイアはマリウスの方が好ましく見えてしまう。エイドリックやアルデバルト侯爵家が彼の側についているから仕方のないことなのかもしれない。

もっとも、男爵令嬢の自分が王子たちと関わり合うことはないから、判断を下すも何もないのかもしれないが……。そこまで考えて、マリウスの方に視線を転じた時、一人の女性が彼に寄り添うように立っていることに気づく。そこに立っていたのは、どうして最初に目に入らなかったのか不思議に思うくらい美しい女性だった。年のころはミレイアと同じくらいだろうか。鮮やかな青いドレスに、腰まである艶やかな長い黒髪、長い睫毛が縁取るのはアーモンド形の青い瞳で、どこか高貴さと上品さ、それに凛《りん》とした雰囲気を持っている女性だった。

……あの方はどなただろうか？

立っている位置からすれば、王族だろうか。だが、この国の王女は王妃と同じように色の濃い金髪の持ち主で、五年ほど前にすでに他国に嫁いでいる。今この場にいるわけがない。だとすれば、あの女性はいったい……?

不思議に思い、何となくその女性を見ながら足を進めていると、ふと彼女と目が合った。薄紅色のふっくらとした唇が笑みを作る。見ているのがバレたようで、恥ずかしくなってそっと目を外すと、今度はその隣にいたマリウスと目が合う。彼はにっこりと励ますように笑った。謁見の相手である国王や王妃を見ているべきなのに、ミレイアが視線をあちこちに向けているのは緊張しているからだと思ったようだ。ミレイアは羞恥で頬をほんのり赤く染めながら目礼した後、視線をまっすぐ前に向けた。

一方エイドリックは、第一王子ウィレムがミレイアの姿を認め少し身を乗り出して「ほう」とでもいうように眉を上げたのを見て、内心舌打ちしていた。どうやら彼女の容姿が彼の関心を引いてしまったようだ。美しい容姿の女性は彼の周囲にいくらでもいるが、ミレイアのように独特の雰囲気を持った女性は滅多にいないに違いない。今日以降、王族と顔を合わせる機会はほとんどないはずだが、これから起こるであろう騒動にミレイアが巻き込まれないために、彼女のことを第一王子が早々に忘れてくれることを祈った。

「よく頑張ったね、ミレイア」

謁見が終わり部屋から退出した後、与えられた休憩室に入ったとたん、ミレイアは大きな安堵のため息をついた。エイドリックは慰めるようにミレイアの額にキスを落とすと、彼女を部屋のソファに導く。王の前にいた時にはほんの少しの震えだったものが、緊張が抜け、今では足がガクガクするほどだったので、ミレイアはエイドリックに大人しく抱かれてソファに腰を下ろした。

謁見はあっという間に終わった。決められた動作をし、決められた口上《こうじょう》を述べるだけだから当然だが、それだけに少しでも粗相をしたら取り返しがつかなくなる。ミレイアは必死に緊張を隠し、侯爵夫人の教えに従ってできるだけ礼儀正しく挨拶をしたつもりだ。王や王妃の反応を見る限り、そこそこいい出来で挨拶を終えられたと思っている。ただ、出て行く時に、ふと目に入ったあの黒髪の美女が、扇で唇を隠して意味ありげにミレイアを見ていたことだけが気になった。

そもそもあの女性は誰なのだろう？　マリウス王子の傍にいたから、今日彼のパートナーを務めるどこかの令嬢だろうか？　それにしては気品に溢れていた。あの落ち着いた物腰は普通の令嬢ではない気がする。となるとやはりどこかの王族……？

そこまで考えたミレイアの脳裏に、ある女性の名前が浮かんだ。

――ライナルト国の第三王女、セレスティア姫。

その名にミレイアは一瞬だけ身を硬くした。そうとは思いたくないが、彼女の容姿は伝え聞いたものと一致している。

セレスティア王女――留学先でエイドリックと付き合っていた評判の美姫の名前だ。もし彼女がそうであったら、他国とはいえ王族なのであの位置にいたのも頷けるが……。

「ミレイア？」

彼女の様子に気づいたエイドリックが気遣わしげに名前を呼んだ。彼女を優しく抱き寄せながら、頬に触れる。

「顔色が悪い。そんなに緊張したかい？　もし具合が悪いのなら……」

ミレイアは慌てて首を振った。

「大丈夫です、エイドリック兄様。少し、緊張が解けてぼうっとしていただけですから」

「そう？　ならいいけど……」

どこか腑《ふ》に落ちない様子だが、それ以上詮索はされなかった。ミレイアはホッと息をつき、そのままエイドリックに身を預けた。彼女を抱きしめている彼の手に少し力が入る。

ミレイアはドレス越しに感じる彼の体温に安心感と同時に悲しみを覚えた。

……あの人がセレスティア王女ならば、エイドリックは彼女のことを誰よりもよく分かっているはずだ。だったら彼本人に聞けばいい。「マリウス王子の傍にいた美しい女性は誰だか知っていますか？」って。

けれど、ミレイアはなぜか喉がつかえたようにそれを口にすることができなかった。確かめるのが怖かった。もし王女だったら、なぜこの国にいるのか、なぜそのことをエイドリックがミレイアに知らせてくれなかったのか。……答えを知るのが怖い。

エイドリックの声が上から優しく降ってくる。

「朝から緊張していたから、疲れたんだろう。舞踏会の開始までまだ時間があるから、少し目を閉じて休むといい」

「はい」

ミレイアは素直に頷いて目を閉じる。彼の気遣いは嬉しい。けれど、それが今はなぜか少し悲しかった。

＊＊＊

舞踏会の開始の合図は、国王と王妃、それに王子たちの入場だ。ミレイアは絢爛豪華な舞踏会のホールにある控えの間で、他のデビュタントとそのパートナーたちと一緒に控えながら、ホールから響いてくる人々の歓声に耳を傾けた。デビュタントたちのダンスはそのすぐ後に行われる。

王室音楽隊の演奏による軽快なワルツが流れてくる中、ミレイアはエイドリックの手に自分の手を預け、もう片方の手でドクドクと早打ちする胸にそっと触れた。デビュタントにとって、この場で初のダンスを踊ることが社交界デビューの最大の見せ場なのだ。かつてミレイアもこのホールで白いドレスを着て踊ることにとても憧れていた。それもエイドリックと。

その夢は皮肉にも今になって叶えられようとしている。夢見たあの時と違い、エイドリックとこんな歪んだ関係になった今になって。それを考えると胸の奥が痛みを訴えた。かといって、この場でエイドリックと踊れることにまったくときめかないわけじゃない。ミレイアは複雑な思いを抱きながら王たちのダンスが終わるのを待った。

——そしていよいよその時になった。

合図と共に、白いドレス姿のデビュタントと礼服を身に着けたパートナーたちが順番にホールに入場していく。

「ミレイア、いくよ」

エイドリックがミレイアの手を軽く握る。

「はい」

ミレイアは頷き、前のカップルに続いて滑るように足を踏み出した。

デビュタントが踊るダンスは決まっている。この国に伝わる伝統のワルツだ。腰を抱き寄せられ、軽く下半身を触れ合わせながら、ミレイアとエイドリック、その他のデビュタントたちはいっせいに踊り出す。他のワルツと違い、このワルツは足の運びやターンの方向、位置までがきっちり決まっているため、全員が整然と踊ることができる。もっともそれゆえ、少しでも足下が狂うと皆の足並みを乱してしまうことになる。だから全員必死だ。

ミレイアもこの一か月の間に教わったとおりに足を運んでいく。ミレイアは元々ダンスが下手ではないが、得意な方でもない。習っていたが滅多に踊らないため、足の運びがどうしてもぎこちなくなる。それでもそれなりに列を乱すことなく踊れるのは、エイドリックのリードが上手なためだ。こんなところでも彼はそつがなかった。きっと大勢の女性と踊ってきたからだろうというのは想像に難くないが、ミレイアにとっては今はそれがありがたかった。

エイドリックのリードで軽やかなステップを踏みながら、ミレイアは夢見心地になった。もちろん、自分の置かれた状況を忘れたわけではない。エイドリックも夢見たような王子様ではなく、むき出しの欲望を持った生身の男性だ。その彼に毎日のように抱かれ続けている自分。それはあの幼い頃想像していた情況とは大きく違っていた。……でも、それでも、今だけはこのひと時の夢のような時間を楽しみたかった。

エイドリックは踊りながら、じっとミレイアに視線を注ぐ。秀麗な顔には柔らかな笑みが浮かび、その濡れた黒曜石のような瞳は確かにミレイアが愛おしいと語っている。まるで昔に戻ったかのように。だからミレイアも彼が世界の全てだったあの頃に戻って目に憧れと信頼を浮かべて彼を見上げて踊っていた。

幼い頃思い描いていた、きらびやかなホールで過ごす憧れのひと時。……でも、あの時には想像もしなかったこともあった。それは踊りながら軽く触れ合った彼の下半身から感じる欲望の証……そしてそれに応えるように疼く自分の身体だった。

エイドリックとミレイアは、デビュタントのためのダンスを踊りながら一方では男と女として官能的なダンスを繰り広げていたのだ。見下ろすエイドリックは、ミレイアの翠色の瞳の奥で欲望の灯がちらちら踊っていることに気づいただろう。また、エイドリックの黒い瞳に情欲の炎が燃えているのも、身体が反応しているのも、身体を寄せ同じリズムを踏んでいる彼女には分かっていた。

やがてダンスが終わり、割れんばかりの拍手がデビュタントたちに寄せられる中、エイドリックに軽く抱きしめられているミレイアの頬が紅潮して息が上がっているのも、周囲の目にはこの晴れの舞台で頑張ったからだと見えただろう。実際同じように頬を染めて誇らしげに笑ったり、感極まったように涙ぐむデビュタントたちも多い。けれど、ミレイアのそれが欲望と官能を刺激された結果だということをエイドリックは知っていた。そして二人の踊る姿をじっと眺めていた別の二人の目にもそれは明らかなことだった。

＊＊＊

「皆の者、今日はよく来てくれた」

デビュタントたちのダンスが終わった後、参加者の注目の中、ホールに設《しつら》えた玉座に腰を下ろした王が声を張り上げた。それは謁見の間で聞いた時より威厳に溢れた声と口調だった。

「今年は留学していたマリウスも帰国し、久方ぶりに王族が揃う大舞踏会になった。しかもこの良き日に、マリウスの留学先でもあったライナルト国の王族も参加していただけることとなった」

その言葉に合わせるように、あの黒髪の女性がマリウス王子にエスコートされて王の前に進み出る。そして、自身を披露するかのようにこちらを向いた。

「皆はおそらくマリウスと踊ったこの美姫が誰なのかきっと不思議に思っておろう。紹介しよう。ライナルト王国の第三王女、セレスティア姫だ。マリウスの帰国に合わせてわが国に来てくださった」

ライナルト王国の第三王女……！

その国王の言葉に、ミレイアは嫌な予感が当たっていたことを悟った。やはりエイドリックたちは彼女を連れ帰ってきていたのだ。それの意味するところは……。

王女がこの国にやってきたのはエイドリックと結婚するためだと思い、ミレイアの目の前が真っ暗になる。

だが、次の国王の発言に別の衝撃を受けることになった。

「この良き日に皆の前で発表したいことがある。この度、我が息子マリウスとセレスティア姫との婚約が整った。ライナルトはわが国の友好国。この結婚で両国の結びつきはますます強固なものになるであろう。大変めでたいことだ」

ホールのあちこちで歓声が上がる。一方で周囲の何人かの目がハッとしたようにミレイアの隣に立つエイドリックに注がれるのが分かった。王女とエイドリックの噂を知っているのだろう。ミレイアもそうだった。セレスティア王女がエイドリックの主《あるじ》であるマリウス王子と婚約したと聞いて、思わず彼を見上げていた。けれどエイドリックは、そんな人々の視線にまるで動じることなく、穏やかな笑みすら浮かべて、玉座の前に立つ婚約を発表したばかりの二人を見ていた。その様子は二人の婚約を歓迎しているように見え、多くの人たちは噂は噂でしかなかったと思ったようだった。

けれど、ミレイアは違う。彼のすぐ傍で、彼のことだけ見て育った彼女にだけは、彼らに向けるエイドリックの目が冷たい光を帯びていることに気づいていた。

彼は二人の婚約を歓迎していない。彼女のことも、付き合った女性たちのことについても、何の意味もないだなんて言っていたが、嘘だ。彼の心はセレスティア王女のもとにある。だからこそ、ああして冷たい目で見ているのだ。でなければ、仕えている主の婚約を歓迎しないはずは……。

――もしや、エイドリックが帰国後自分を執拗に抱くのは、手の届かない相手になってしまった元の恋人を忘れるため？

そのことに思い至り、ミレイアの足が震えた。胸が引き裂かれるような痛みを訴える。エイドリックがそんなことをする人だとは思いたくない。けれど、それ以外に「兄妹ごっこは終わり」と関係を断ち切ってから二年もの間連絡一つ寄越さなかった相手に執着する説明がつかなかった。

……きっとそうなのだ。主に嫁ぐことになる王女を忘れるため、近くにいたミレイアに手を伸ばしたのだろう。一度身体を手に入れ、また簡単に手に入る相手だったから……！

――エイドリック兄様。私はあなたにとって何なのですか？

かつての苦悩が再びミレイアを襲う。簡単に手に入って、好きな時に捨てられる相手？　悲しみがせり上がってきて、彼女の胸を塞いだ。エイドリックに身体を奪われた上に、彼の醜聞を聞いて、自分が彼にとって何の意味もない存在だったと知ったあの二年前も辛かったが、今はその時以上に辛い。この苦しみはいつまで続くの？

エイドリックに預ける手が震えた。だからだろうか、エイドリックは彼女を見下ろして気遣わしげな表情になった。ミレイアを見つめるその瞳からはあの冷たい光は消えている。

「大丈夫かい、ミレイア？　疲れたかい？」

「い、いいえ、大丈夫」

ミレイアは首を横に振った。けれど、急にこの手を振り払ってここから逃げ出したくなった。エイドリックからも、セレスティアからも。二人から離れればきっとこの苦しみから解放されるに違いない。

けれど、彼から離れようと思ったとたん、その思いを見透かしたように、腰に腕を回される。彼はミレイアの額にキスをして笑いながら言った。

「その可愛い頭の中で何を考えているの？　僕から逃げること？　でも残念だったね、逃がさないよ。君は永遠に僕のもの」

ミレイアはその絡みつくような声と言葉にぶるっと身を震わせた。エイドリックからは逃げられない。逃げるすべはない。ずっと彼に繋がれたままだ。

「エイドリック兄様は……私に何を望んでいるのです……？」

ミレイアは目を潤ませながら尋ねた。セレスティアに心を残しているくせに、ミレイアを絡め取りその腕に閉じ込める。彼が何を考えているのか、何を望んでいるのか、まるで分からなかった。

「僕の望み？　それは前に言っていると思うけどね」

エイドリックはくすっと笑うと、ミレイアの耳に唇を寄せて囁いた。

「僕は君の全てが欲しい。その心も身体も思考や未来も。あの時そう言ったはずだよ」

ミレイアは息を呑む。その言葉は確かに聞き覚えがあった。二年前、エイドリックに純潔を奪われたあの時に彼は言っていた。今度は自分の望んでいるものを貰うのだと……。それがこの状態だというのだろうか？

「……私は、兄様のものじゃありません」

「僕のものだよ。そう最初から決めていた。それに、どのみち君は僕の腕の中でしか生きていけない。そうなるように育てたんだから」

ミレイアは目を見開いた。

「それは、どういう……？」

けれどそのミレイアの言葉には答えず、エイドリックはちらっと国王たちの方を見ながら彼女の耳に囁く。

「ああ、ほら、ごらん、ミレイア。茶番が始まるようだよ」

「え？」

ミレイアがそちらの方に目を向けると、マリウス王子の婚約発表で沸いた人々の興奮がようやく収まり始め、それを見計らった国王がちょうど椅子から立ち上がったところだった。

「発表することはもう一つある」

その国王の言葉にホールの中の喧騒《けんそう》が止んだ。

「私には二人の王子がいるが、長らく王太子を指名してこなかった。わが国をより良い方向に導いてくれる者を見定める必要があったとはいえ、それが原因で皆が不安に思っていることも承知している。そこで、マリウスも帰国した今、ここで、皆の前で宣言する。この婚約を機に、次期国王にマリウスを定めることを！」

そのとたん、ホールの中に婚約発表の時以上の緊張とざわめきが走った。

……それは思いがけない発表だった。国王はこの大舞踏会の場でマリウス王子の立太子を宣言したのだ。更に国王は続ける。

「マリウスはセレスティア姫というすばらしい伴侶を迎え、この国を二人で盛り立てていってくれるであろう」

「お待ちください！」

国王の言葉が、よくとおる声によって遮られた。それは不遜な行為であったが、周囲の人間が咎めないのは、その声の主が第一王子のウィレムだったからだ。ウィレムは人々の輪の中から血相を変えて飛び出し、玉座に詰め寄った。その顔はこわばり青ざめている。

「父上、今のお言葉は本当ですか？　本当にマリウスを王太子に？」

国王は玉座の上からもう一人の息子を見下ろし、小さくため息をつきながら言った。

「そのとおりだ、ウィレム。次の国王はそなたではない、マリウスだ。そなたは王族として弟を補佐し……」

「恐れながら陛下」

再び国王の言葉が遮られる。ウィレム王子の後ろから出てきた壮年の男性によって。歳は四十代後半といったところだろうか。痩躯《そうく》で濃い茶色の髪に白いものが混じってはいたが、堂々とした風貌の男性だった。だが、今度は国王の近くにいた老人によって諌められる。

「ギルドラン伯爵。陛下の御前《ごぜん》だ。控えたまえ」

けれど言われたギルドラン伯爵はその老人に刺すような視線を送った後、無視して国王に向けて続けた。

「陛下。立太子の件は国の重要な議題です。それを朝議《ちょうぎ》で議論されることもなく、我々重臣の意見を聞くこともなく決められるなど……」

「ギルドラン伯爵」

今度は国王が重々しい口調でギルドラン伯爵の言葉を遮った。

「次の王を決めるのは私だ。貴公らが口を出す問題ではない」

「しかし……」

「これは決定だ。王太子にはマリウスがなる。ウィレムもそなたもそう心得よ」

「陛下！」

そのやり取りを唖然《あぜん》として見守っていたミレイアの耳に、エイドリックの小さな笑い声と囁きが聞こえた。

「とんだ茶番だ。けれど、終わりと始まりの合図でもある」

それはミレイアの耳にしか聞こえないほど小さな声だった。ミレイアが思わず顔を上げてエイドリックを見ると、それに気づいたのか彼はミレイアに顔を向けて笑った。

「君は初めて見るよね。あれが悪名高き、第一王子ウィレム殿下の後見人、ユーリス・ギルドラン伯爵だ。財務大臣を務めている。そして彼に控えるように言った老人が第二王子マリウス殿下の祖父にあたるラファイエット公爵だ。政治の場から退いて、今は国王陛下の相談役をされている」

ミレイアは視線を戻し、家庭教師の老博士が語った王室事情を思い出しながら、なるほどと思った。政権の中枢にいるギルドラン伯爵にとって引退した公爵は直接の政敵にはならないだろう。けれど、王太子は国王が指名するのが慣わしで、議会や大臣たちの承認は必要としない。ギルドラン伯爵は、ラファイエット公爵が相談役としてこの決定に何らかの影響を与えた――あけすけに言ってしまえば、マリウスを王太子の座につけるようにそそのかしたと思ったに違いない。だからあんなふうに睨んでいるのだろう。

ギルドラン伯爵と、彼と同じように敵意のこもった目をマリウスに向けるウィレムの二人に国王は告げた。

「王としての資質を見極めた上で決定したことだ。ウィレムがしばしば女性問題を起こしていることを私が知らないとでも思っていたか、ギルドラン伯爵？　そなたはもみ消そうとしていたようだが、全て周知のことだ。そのような性根では王妃となった者と共に国を守っていくことなどとてもできぬ。マリウスの婚約に合わせて立太子を発表したのはそれも大きな理由の一つだ。伯爵、後見人であるそなたの監督不行き届きが原因と心得よ」

「……それは……」

ギルドラン伯爵は怯んだように見えたが、それでもなお食い下がる。

「で、では、ウィレム殿下がしかるべき王女や令嬢を伴侶に定めて落ち着いた場合は、立太子のことをご再考していただけますか？」

そのギルドラン伯爵の言葉は、この場にいる第一王子派以外の誰もに往生際が悪いと聞こえたことだろう。けれど、マリウスが王位につけば今まで築いてきた自分の地位や権力が危うくなると分かっている伯爵が必死になるのも無理はなかった。国王はそんなギルドラン伯爵をしばし玉座からじっと見下ろした後、ため息混じりに言った。

「落ち着けばな。考えてやらないわけではない」

けれどそんなことにはならないだろうと言外に告げていた。それでもギルドラン伯爵は国王の言質《げんち》を取ったと思ったようで、マリウスを睨みつけているウィレムのところへ行くと、何事か囁いて退出を促している。ウィレムはそれにしぶしぶながら頷くと、最後にもう一度だけマリウスに刺すような視線を向けた後、踵を返してホールの出口へと向かう。それら一連のやり取りをマリウス王子はセレスティアの手を取り穏やかな笑顔を浮かべて見守っていた。国王はウィレムとギルドラン伯爵の後ろ姿をしばらく見送っていたが、ホールを見回して声を張り上げた。

「皆の者もマリウスを新たな王太子として盛り立ててやってくれ」

そのとたん、今までの成り行きを固唾《かたず》を呑んで見守ってきた貴族たちは、いっせいに歓声を上げた。たちまち「マリウス王子おめでとうございます」の大合唱になる。それをマリウスは人懐っこい笑顔で受け入れていた。

あ、まただ、とミレイアは思う。エイドリックがまた、人々の輪の中心で笑顔を浮かべるマリウスとセレスティアをどこか冷たい目で見つめていた。そのとたん、ミレイアの中で国王の発表によって忘れかけていた苦痛が蘇った。

彼の心はここになく、あの美しい人のものなのだ。

ミレイアは、セレスティアも、その彼女を見つめているエイドリックの姿も見ていたくなくて、二人から顔を背ける。その時、ちょうどホールを出て行こうとしていたウィレムとギルドラン伯爵が目に留まった。

余裕を取り戻した様子で、励ますような笑みさえ浮かべているギルドラン伯爵に促されて大きな扉から外に出て行くウィレムの横顔はこわばっていた。その後に続いてギルドラン伯爵が出て行こうとする。ところが身体を半分扉に滑り込ませたところで伯爵はふと振り返り、玉座の前で人々の輪に囲まれているマリウスとセレスティアに視線を向けた。

　その顔を見たミレイアはぞっとした。

　伯爵の顔には何も浮かんでいなかった。先ほどまで浮かんでいた笑みはおろか、一切表情らしきものはなく、ただ淡々と二人に視線を向けているだけだ。けれどミレイアはその水色の目の中に昏《くら》い光が宿っていることに気づいて得体の知れない胸騒ぎを覚えた。

「ミレイア？」

　彼女の様子に気づいたらしいエイドリックが声をかけてくる。ハッとしたミレイアはエイドリックを見上げ、再び扉の方に目を向けたが、その時にはもうすでにギルドラン伯爵の姿はなかった。

　今見たものをエイドリックに告げた方がいいのだろうか？　でも王太子の座を争って負けたウィレムがマリウスに良い感情を抱くわけはないし、その後見人であるギルドラン伯爵だって同様だ。その彼がマリウスとセレスティアを睨んでいたとしてもそれは当然のことだ。ミレイアも何で胸騒ぎがするのかよく説明はできない。でも最後にこの広場を離れる時にこちらを一瞥した時のギルドラン伯爵の目。それを思い出すと、やはり言い知れぬ不安に駆られる。

「ミレイア、どうしたんだい？」

　エイドリックが扉に目を向けたまま動かないミレイアを怪訝そうに見下ろす。ミレイアはのろのろと顔を上げて、口を開こうとした。その時だ。

「エイドリック。彼女と踊らせてもらってもいいかな？」

不意に声をかけられ、エイドリックとミレイアは弾かれたように後ろを振り返った。そこには人々の輪の中から抜け出してきた第二王子のマリウス、それにマリウスと婚約したばかりのセレスティアが並んで立っている。いつの間にか音楽とダンスが再開されていて、人々の興味は王の発表のことから他のことに移りつつあるようだ。

ミレイアの目はマリウス王子ではなく、セレスティアに向かう。遠目からでも美しかったセレスティアは近くで見れば更に輝くような美貌の持ち主であることが分かる、胸の奥がツキンと痛んだ。

――この方に敵《かな》うわけがない。

一方、マリウスはエイドリックに向かってにこにこ笑いながら、再びミレイアと踊ることを要求している。

「ね？　いいだろう？」

エイドリックは顔をしかめた。いかにも気が進まないというその態度は、仕える主君に対して不遜ととられてもおかしくなかったが、当のマリウスはまるで気にしていないようだ。

「彼女が君の秘蔵っ子だろう？　だったら僕にも関係があるのだし、話してみたいと思うのは当然じゃない？」

「それは……」

「それに、婚約者でもない限り、デビュタントをパートナーが独り占めするのはルール違反だよ。色々な相手と知り合うのがデビュタントの仕事なんだから」

マリウスはそう言うと、さっとミレイアの手を取ると屈託のない笑みを浮かべた。

「話すのは初めてだったよね。僕はマリウス」

たかが男爵の娘が王族と踊るなんて、恐れ多いことだ。なんと言って断ったらいいのかミレイアは途方に暮れた。けれど、ミレイアが答えるより先に、エイドリックがいつになく険を含んだ声を発した。

「殿下」

それはある種の警告を含んでいるように聞こえた。けれどエイドリックがその後の言葉を口にするより先に、彼の前にさっと進み出たセレスティアがレースの手袋で包まれた手を差し出した。

「あなたは私の相手をしてくださらない？　エイドリック」

一国の王女にこう言われてしまえば応えないわけにはいかない。周囲の注目を浴び、彼の一挙一動が見られている今は尚更だった。エイドリックは一瞬だけ目を閉じると、ため息をつきながらミレイアから手を放し、セレスティアの手を取った。

ミレイアは疼くような胸の痛みに二人からさっと顔を背け、マリウスを見上げた。

「マリウス殿下。私でよろしければ、ダンスのお相手をさせてください」

エイドリックとセレスティアが踊るところを見なくて済むなら、王族を相手にダンスを

踊ることくらい何でもないことのように思えた。

「それでは」

マリウスはミレイアの両手を改めて握りながら、にっこり笑った。

マリウスも、エイドリックに勝るとも劣らぬくらいダンスが上手なようで、慣れないミレイアを巧みにリードしていく。踊っているカップルの間を滑るように移動しながら、ミレイアは感嘆していた。だが、ふと視界の端に仲良く寄り添っているエイドリックとセレスティアの姿が見えてしまい、一瞬だけ足が乱れる。マリウスはそんなミレイアの身体をくるっとターンさせ、別の方向に導きながらいたずらっぽく笑った。

「君のことはエイドリックから聞いているよ」

「……え？　兄様から？」

ミレイアは目を見張った。彼はミレイアのことをどう王子に説明したのだろうか？

「あいつときたら、君のことが可愛くて仕方ないらしいね。知ってる？　ライナルト国の特産品の一つが銀なんだけどさ」

「あ、はい。とても良質な銀がとれるとお聞きしております。その銀の加工技術もすばらしいものだとか」

このあたりのことは家庭教師である老博士から聞いている。彼は植物研究のために他国に赴くことも多く、諸外国の事情にも精通していた。そんなミレイアの言葉に、マリウスはおや、と軽く目を見張った。

「よく知っているね」

「家庭教師をしてくださっている方がとても博識なのです。ライナルト国は他にも特産品があると聞いております。南方では良質の小麦がとれて、諸外国へ高級小麦として輸出しているとか。北方の山岳地帯で飼育されている馬は軍馬として最適だと言われているそうですね」

ミレイアの口からスラスラ言葉が出た。老博士に教わったこと以外に、自分で本を取り寄せて調べたことも含まれている。この二年間、エイドリックのことを考えまいとしてきたのに、どういうわけか彼が留学しているライナルト国のことが知りたいと思った時期があり、色々調べたのだ。それがエイドリックがその国の第三王女と付き合っていると聞いたからだとは認めたくはないが。

マリウスは感心したように言った。

「多くの女性は装飾品のことしか頭にないのかと思っていたけど、さすがエイドリックの秘蔵っ子だ。……ああ、話は戻るけど、彼とライナルト国の城下町にこっそり行った時に、宝飾店に入ったんだ。特産の銀細工を見たくて。ネックレス、髪飾り、指輪や腕輪。色々種類があったけど、その中で動物の姿を象《かたど》った銀細工のコーナーにあったものを彼は購入していた。それは鳥をモチーフにした置物で、こういうのが趣味かと聞いたら、君のために買ったというじゃないか」

ミレイアは内心「あっ」と思った。もしや、彼女の部屋に飾ってあった鳥の銀細工の置物だろうか。ミレイアの胸の奥にじわりと温かいものが広がっていく。エイドリックは留学している間、手紙一つ寄越さなかったが、彼女のことを忘れたわけではなかった。少なくとも彼女を思い出して置物を買うくらいには心に留めていてくれたのだ。

「あまりに嬉しそうに言うので、興味を覚えて君のことをあれこれ聞き出したんだ。それを聞く限り、君はほとんど彼に育てられたようなものらしいね」

「育てた……ええ。そのような感じです。エイドリック兄様にはまるで妹のように可愛がっていただきました」

ミレイアは苦笑しながら答えた。育てたとは大げさだが、ミレイアの成長や人格形成にエイドリックが大きな影響を与えたのは間違いない。彼に甘やかされ溺愛されて、それを糧にして成長したようなものだ。だからこそ、それを失い、ミレイアは途方に暮れて……。

「兄様に、妹のように、ね」

マリウスが不意に意味ありげに笑った。そしてミレイアをリードし、ホールの中でも踊っているカップルが少ない方向に足を進めると、声を落として囁く。

「でも君はその『兄様』に抱かれているよね?」

「……っ！」

ミレイアは息を呑んだ。足が止まり縺《もつ》れそうになる。それをマリウスは巧みにリードして体勢を整えさせると、感情の読めない笑みを向けた。

「君は侯爵夫妻のいるアルデバルト侯爵邸じゃなくて、エイドリック個人の持ち物である屋敷に囲われていて、彼と毎晩ベッドを共にしている。違うかい？」

ミレイアは青ざめた。聞き間違いではない。彼はミレイアとエイドリックの情事を知っているのだ。

「……どうして……」

ミレイアは怯えた。なぜ知っているのだろう？　エイドリックが彼に伝えたのだろうか？

青ざめてこわばっていくその表情で、ミレイアの考えていることが分かったのか、マリウスはくすっと笑って首を振った。

「エイドリックから何か聞いたわけじゃないよ。だけど、彼は僕の側近だからね、僕は色々知る立場にあるから、彼の動向は把握してるんだ。君がその関係を彼から強要されていることも知ってる」

ミレイアは目を見開く。マリウスは邪気のない笑みを浮かべたままそんな彼女を見下ろした。人当たりの良い、どこか子供らしさを残した容姿を持つこの王子が、見かけどおりの青年ではないことをミレイアは悟った。

マリウスは自分の言葉がミレイアに与えた衝撃をじっと観察した後、少しかがんで、内緒話でもするかのように耳に口を寄せて囁いた。

「ねぇ、僕が助けてあげようか？」

「……え？」

「君が望むなら彼から逃がしてあげる。彼が二度と君に関わらないようにすることもできるし、彼の手の届かないところへ君を匿《かくま》ってあげることもできる。僕ならそれが可能だ」

ミレイアはのろのろと顔を上げてマリウスを見た。

「な、ぜ？」

彼が突然そんなことを言い出す理由が分からなかった。マリウスはそんな彼女ににっこり笑う。

「言っただろう？　彼は僕の側近だから、彼に関わることは僕も無関係というわけにはいかないんだって。部下が間違いを犯すのならそれを正すのも主の役目だ」

だからマリウスはミレイアにこのような提案をしたのか。確かに、王太子であり主であるマリウスが命令するのであれば、さすがのエイドリックも従わざるを得ないだろう。

――彼の手を借りれば逃げられる。……エイドリックの手から。

いつの間にか二人はホールの端で踊るのをやめてお互いの顔をじっと見つめ合っていた。周囲の人たちが何事かと二人に注目し始める。けれど注がれる視線の中に、エイドリックはもちろん、いつの間にかホールに戻ってきていたウィレムまで含まれていたことを、この時のミレイアは知る由《よし》もなかった。

「兄様から、逃げられる……？」

「ああ。その代わり、逃げるのであれば、二度と彼に関わらないようにしてもらうよ」

その瞬間、ミレイアの鼓動が一瞬だけ動きを止めた。

「彼の傍にそのまま留まるのか、それとも逃げて永遠に会わないか。二つに一つだ。そして僕は君が選択した方を王太子マリウスの名において全力で支援することを誓うよ。ねえ、君はどっちを選ぶ？　どうしたい？」

……その問いへの答えを、この時ミレイアは持っていなかった。

呆然としているミレイアをマリウスは笑顔で見下ろしている。けれど、ふと顔を上げ周囲を見回すと、楽しそうに笑った。

「おっと、曲が終わったようだね。君の保護者と我が婚約者殿がさっそくこっちに向かってくるよ。……ねぇ、ミレイア。すぐには決められないだろうから、次に会う時までさっきの提案の答えを出しておいてね」

マリウスがそう言い終わるか終わらないうちに、声がかかった。

「殿下。ミレイア」

エイドリックだ。そして、その傍らに寄り添うように立っているのは黒髪のセレスティア王女だった。

エイドリックとセレスティア王女。美男美女。侯爵家の跡取りと王女。並ぶと何とお似合いの二人なのだろうか。ミレイアの胸がじくじくと痛みを訴える。

――彼から逃れたら、この胸の痛みを感じないで済むようになるのだろうか？

――でも、私は本当にこの人から離れられるの？

エイドリックから離れて一生その顔も見れず声も聞けないと思うと、目の前が真っ暗になった。それに比べたらセレスティア王女と一緒にいる彼を見ることくらいわけもないと思えた。その瞬間、彼女の心を支配したのはまぎれもない絶望だった。離れたい、逃れたいと思っていたのに、その手段を与えられてミレイアが思うのは喜びでも安堵でもなかった。

——自分は何を望んでいるの？

今のミレイアはそれすらも分からなくなっていた。

エイドリックはミレイアの傍まで来ると、彼女の腰に手を回して抱き寄せる。その感触にミレイアの胸が震えた。

「もういいでしょう、殿下。ミレイアは返してもらいますよ」

「一曲だけしか許可しないとはケチな男だね、エイドリック」

揶揄《やゆ》するようなその言葉に、けれどエイドリックは眉を顰めながら冷静に言い返した。

「お言葉ですが、王子であるあなたが婚約者以外と二曲も続けて踊ることの方が問題です。ミレイアを無用な争いに巻き込まないでいただきたい」

「巻き込むも何も、もう最初から巻き込まれているじゃないか」

「……殿下」

エイドリックの声がすっと低くなる。マリウスは降参とばかりに両手を挙げて笑った。

「怒らないでくれよ、エイドリック」

二人の話題が自分のことであるにもかかわらず、ミレイアには彼らが何を言っているのかよく理解できなかった。戸惑うように二人の様子を交互に窺っていると、目の端にセレスティアがこちらをじっと見つめているのが映った。ついそちらに視線を向けてしまい、彼女と目が合う。するとどうだろう、彼女はミレイアににっこりと笑いかけたのだ。その笑みは艶やかで、そしてどこか意味ありげに見えた。見ていられなくて、ミレイアはそっと目を伏せる。

けれど次に目を上げた時にはセレスティアはこちらを向いてはおらず、マリウスの腕に手を置いて彼に声をかけていた。

「お二人のお邪魔をしてはいけないわ。マリウス、そろそろ私たちは移動しましょう」

「そうだね、セレスティア。じゃあ、僕たちはこれで退散するよ、エイドリック。ミレイアもまたね」

マリウスはミレイアに何かを含むような視線を向けると、セレスティアを伴って二人の傍から離れていった。それを見送るミレイアの脳裏に先ほどマリウスに言われた言葉が蘇る。

『次に会う時までさっきの提案の答えを出しておいてね』

――エイドリックから逃れるか、それとも永遠に会わないか……。

「ミレイア、どうしたの？　殿下に何か言われたのかい？」

エイドリックが訝しげにミレイアを見下ろす。ミレイアはそれに慌てて首を振った。

「いえ、何も。留学先のライナルト国の特産品や銀細工の話をしていただけです」

「そうか……」

エイドリックは呟くと、ミレイアの腰に回した手にきゅっと力を入れ、彼女を抱き寄せた。そして優しく囁く。

「ミレイア、今日は疲れただろう。大舞踏会はまだまだ続くけど、デビュタントは最後まで付き合う必要はないんだ。もう帰るかい？」

確かに今日は長い一日だった。色々なことが立て続けに起こったから忘れていたが、改めて言われるとどっと疲れが押し寄せてきた気がする。ミレイアは頷きかけて、けれどまだエイドリックの両親であるアルデバルト侯爵夫妻と顔を合わせていないことを思い出す。今日ここで会えると思っていたのだが……。

「エイドリック兄様、おじ様とおば様は何時頃来られるか知っていますか？　このドレスのお礼も申し上げなければ……」

けれど、エイドリックは首を振って驚くことを言った。

「ミレイア。残念だけど、二人は参加しないんだ」

「……え？」

「父の仕事が佳境《かきょう》を迎えていてね、手が離せないらしい。この大舞踏会だけじゃなくて、しばらく公の場には姿を見せないそうだ。君の姿を見られなくて二人ともとても残念がっていたよ」

「そう、ですか……」

ミレイアは目を伏せた。二人に会えないのは残念だったが、だがこれでいいのかもしれない。今の自分は侯爵夫妻に平気な顔をして会える立場ではないのだから。それに、自分には考える時間が必要だ。セレスティアのことや、マリウスが言ったことについても、よく考えなければ。

ミレイアはエイドリックを見上げた。

「もう、帰りましょう、エイドリック兄様」

そして二人は舞踏会を辞して、帰宅の途についた。

けれど、ミレイアに考える時間は与えられなかった。屋敷に帰るなり、エイドリックに寝室に連れ込まれたからだ。この日のエイドリックはなぜか性急だった。

——いつになく余裕がないように見えるのは、セレスティアとマリウスの婚約のことがあったから？　もう手の届かない人を、ミレイアを抱くことによって忘れようとしているのだろうか？

ミレイアの胸に冷たいものが落ちていく。こんな状態で抱かれるのは嫌だった。

「エイドリック兄様、待っ……！」

けれどエイドリックはそのミレイアの制止を無視して、ドレスの背中のボタンを上から順に次々と外しながら、露わになっていく素肌に唇を滑らせる。

「ふぁ……」

ミレイアはそのくすぐったいような感触にぶるっと身体を震わせた。

「ミレイア。今日、このドレスを着た君を見た時からこうしたかった……」

エイドリックのその欲望に濡れた声に、ミレイアのお腹の奥がズクンと疼いた。

ドレスに続いてコルセットも押し下げられ、ふるんとまろび出たふくらみの先端にエイドリックの指が絡みつく。すでに立ち上がっていた蕾をコリコリと摘まれながら扱かれ、ミレイアの口から籠ったような声が上がった。エイドリックの唇が滑り降りて片方の胸の先端を口に捉える。

「……んんっ……」

歯を立てられ転がされ、ジンとした痛みに痺れを訴えるそこを今度は唇と舌で嬲られる。そのたびにミレイアの身体がビクンビクンと震えた。下肢の奥がズキズキと痛み、蜜がじわじわと染み出してくる。反応してはだめ、そう思うのにエイドリックに触れられるだけで、彼の欲情に呼応するように、ミレイアの身体に官能の火が灯る。

――自分はいつの間にこんなに淫らになってしまったのだろう？

無垢や純潔、貞淑《ていしゅく》を表すデビュタントの白いドレスを身に纏いながら、エイドリックの欲望を受け入れることばかりを考えてしまう。このままだと自分はダメになるだろう。彼のことだけしか考えられなくなる。セレスティアの代わりでもいいからと思うようになってしまうに違いない。

『ねぇ、僕が助けてあげようか？』

不意にマリウスの言葉が脳裏に蘇る。でもそれは、二度と彼に会えないことを意味していた。

——ミレイア、あなたは本当にエイドリックなしで生きていけるの……？

自分に問いかける声がどこからか聞こえる。けれどミレイアはそれ以上考えたくなくて、目を瞑り、エイドリックが掻き立てる悦楽の中に逃げ込んだ。


寝室の床に、白いドレスやコルセット、繊細なレースの下着に、エイドリックの服が重なるようにして散乱していた。

「あっ、あン、ん、んんっ、あ、ああ……！」

激しく揺さぶられ、ミレイアの口からはひっきりなしに嬌声が上がっている。彼女の細い腰を掴み、脚を広げさせ、突き刺すように攻めたてながら、エイドリックは荒い息の中で笑った。

「今日はずいぶん積極的だね、ミレイア」

その言葉のとおり、ミレイアは無意識のうちに彼の腰に足を絡め、彼の動きに合わせて腰を動かしていた。そんな自分に羞恥を覚えて、ミレイアは激しく首を振る。

「や、違うの、私……あ、あ、ん、違……」

だが、身体の無意識の反応は止められず、拒否する言葉も甘く悦を含んだものとなった。エイドリックがふっと淫猥な笑みを浮かべる。それを見たミレイアの腰が甘く痺れた。

「淫らな僕のミレイア。可愛いすぎて、壊したくなるよ。ほら、もっと啼いてごらん」

「あ、あ、あ、ああっ、んぁ……！」

動きが更に激しくなり、ミレイアは背中を反らし甘い悲鳴を上げながら、何度目かの絶頂を迎えた。脚と手が力を失い、シーツに沈んでいく。けれど、まだ終わっていなかった。エイドリックの楔はミレイアの胎内で張りつめたままだ。エイドリックは絶頂の余韻に震えているミレイアを抱き起こすと、胎内に自身をうずめたまま自分の膝の上に乗せ、そのまま後ろに倒れていく。

「……あ、いやぁ……！」

気づくとミレイアは横たわるエイドリックの上に乗せられ、自分の重さで膣の奥深くに彼を受け入れていた。取らされた恥ずかしい姿態に狼狽えるミレイアに、エイドリックは笑う。

「ミレイア。君に馬の乗り方を教えたのを覚えているだろう？　今度は僕を乗りこなす方法を教えてあげる」

そう言いながらエイドリックはミレイアを軽く突き上げた。

「ひゃあ……！」

ミレイアの華奢な身体がエイドリックの上で弾んだ。むき出しの胸がぷるっと震える。その光景を下から楽しむように、エイドリックは笑いながら、二度三度と突き上げる。そのたびに結合部分から卑猥な水音が響き、溢れた蜜がエイドリックの下肢を汚していく。

けれどミレイアには、それを気に留める余裕がなかった。突き上げられるたびに自身の重さで奥深くを楔で穿たれ、身を走る衝撃に嬌声が漏れるのを抑えられなかった。

「あ、あ、っん、あぁ！」

「馬に乗るのと一緒だ、ミレイア。ほら、僕のリズムに合わせて腰を動かすんだよ」

腰を摑まれ戯《たわむ》れるように小刻みに揺らされて、ミレイアの身体がわななく。けれどその拍子に腰の位置がズレて、先ほどとはまた違った壁をエイドリックの剛直が擦りあげる。

「ふぁ、んっ！」

ミレイアはたまらず自ら腰を上げ、それから力を失って楔を呑み込んだままずんと沈んでいく。膣の奥に響いたその衝撃にミレイアの背筋を震えが走った。

「あ、あ……」

それから同じことが起こる。あまりの深さにおののき、腰が逃げようとするものの、脚に力が入らず沈んでいくか、エイドリックによって引き戻されて、更に深くを抉られる。そのたびに目の前に火花が散った。

「少し手伝おうか。君はココを弄られながら貫かれるのが大好きだから」

そう言ってエイドリックはミレイアと繋がっている部分に手を伸ばし、その少し上にある充血した蕾をきゅっと摘みあげる。

「あ、あああ……！」

ミレイアの背中が弓なりになり、突き出されたまろやかな胸が誘うように揺れた。エイドリックはもう片方の手でその胸を掬い上げるように摑み、軽く突き上げながら、ミレイアの蕾を刺激した。

「い、やぁぁ……！」

感じる場所へ同時に与えられた快感にミレイアの思考が白く染まった。……気づけば、ミレイアはいつしかエイドリックの上で彼の命じるままに身体を揺り動かしていた。腰を回し、すりつけるように前後させ、自ら感じる場所にエイドリックの先端が当たるように動いている。ぐじゅぐじゅという粘着質な水音が結合部分から響いていた。

「あ、ん、んんっ、あ、ぁ、い、いい」

「気持ちいいかい、ミレイア？」

ゆるく突き上げるエイドリックの動きに合わせて腰を振りながらミレイアは何度も頷いた。エイドリックの唇が弧を描く。

「じゃあ、自分一人で動いてごらん。大丈夫、君は優秀な生徒だからね」

「は、い」

切ないようなうつろなような表情でミレイアは従順に頷くと、エイドリックの上で教えてもらったように動き始める。

「そう、いい子だ」

エイドリックは、ミレイアの両方の胸を掬い上げるように揉み上げつつ、うっすらと笑みを漏らしながら囁く。彼に褒められたミレイアは嬉しそうに笑った。その時のミレイア

は完全に快楽に染まり、エイドリックに乗馬を教わっていた時の、彼が全てであった頃の彼女に戻っていた。

「もっと啼いてごらん、ミレイア」

「ああ、ん、あ、はぁ、あ、ああ！」

髪を振り乱し声を上げ、己の上で一心不乱に欲望のリズムを取るミレイアにエイドリックはいっそう欲情を募らせる。やがて、彼の上でのけ反り絶頂に達したミレイアを、今度はベッドに組み敷くと、激しく犯し始めた。ミレイアはそれを嬌声でもって迎え入れる。やがて子宮にエイドリックの白濁を受けると蕩けそうな笑顔になった。

それを見たエイドリックは、更なる欲望の渦にミレイアを呑み込んでいった。


……疲れ果てたミレイアがうとうとしていると、ふと衣擦れの音が聞こえた気がした。

「エイドリック、兄様……？」

目を開けると、情事の後はいつも隣で寄り添っているはずのエイドリックの姿がない。

「すまない、起こしてしまったかい？」

エイドリックの声が聞こえた。どうやら服を身に着けている最中だったようだ。

「帰ってきたばかりだというのに、城から呼び出されてね。無視するわけにもいかないから、行ってくるよ」

もう夜半をすぎているのに、これから城へ……？　今までそんなことはなかったのに、どうして今日になっていきなり？

ミレイアの脳裏にセレスティアの美しい姿が浮かんだ。

服を身に着けたエイドリックは屈み込んで、彼女のむき出しになった背中にキスを落とす。

「君は気にせず、休んでいなさい。じゃあ、行ってくるよ」

ミレイアは横たわったまま彼の背中を見送った。

――彼はこれからセレスティア王女と会うのだろうか？

一人静寂の中に取り残されたミレイアは、空しさと悲しみに目を閉じた。その目から涙が幾筋も零れて、シーツに吸い込まれていった。

＊＊＊

城に呼び出されたエイドリックがマリウスの執務室に入ると、そこには部屋の主の他に今日彼との婚約を発表したばかりのセレスティアまでもがいた。

「こんな夜更けに呼び出しとは何事です？　祝杯ですか？　ですが、私を抜きでやって欲しかったですね」

二人が座っているソファの前のテーブルに、ワインの瓶とグラスが置いてあるのに気づいたエイドリックは、不機嫌さを隠そうともしない口調で言った。そんな彼にマリウスはくすっと笑う。

「これはあちらさんの贈り物だよ。奇妙なことにセレスティア本人がここにいるのに、彼女からの差し入れだって持ってきた侍女がいてね」

エイドリックは眉を顰めた。

「毒入りですか。やれやれ、帰ってきてもコレとはね」

「本当バカだよね。待ち構えているところにわざわざやってきてくれるとは」

楽しげに笑いながらマリウスは言った。

「まぁ、本命じゃなくて僕の立太子に焦ったどこかのバカが考えなしにやったことだろう。彼ならもう少し巧妙に立ち回るだろうからね。とりあえずその侍女は捕まえて君のお父上のところに送った。このワインも証拠として後で彼に届ける予定だ」

「更に父の仕事が増えたわけですね」

エイドリックはため息混じりにそう呟くと、マリウスの向かいの席に腰を下ろした。

「それで？　このことのために呼び出したわけじゃないのでしょう？」

「ああ。ワインを持ってきた侍女を引き渡す時にアルデバルト侯爵から伝言を預かってね。……さっそく今夜から動くそうだよ」

その言葉を聞いたエイドリックの顔に酷薄な笑みが浮かんだ。

「そうですか。奴らが動きを見せる前に不意打ちを狙うわけですね。それは上々《じょうじょう》」

「奴らは今、ギルドラン伯爵邸に子飼いの貴族を集めて今後の対策を立てているようだ。

まずは兄上が立太子するにふさわしい伴侶を探すんだろうな。後は父上に僕の悪口を吹き込んで再考を促すとか」

そこまで言ってマリウスは嘲笑《ちょうしょう》を浮かべた。

「無駄なのにね。それどころか、そのうちの何人かは自分の屋敷に戻ったとたんに身柄を拘束される予定だ。一夜明けてみたら、奴らはもう兄上を擁立《ようりつ》するどころじゃないと知るだろう」

マリウスはそこまで言うと、不意にその顔から笑みを消して真顔になる。

「今日の立太子の宣言で兄上とギルドラン伯爵は後がなくなった。二年かけて作り上げた包囲網が発動した今、彼らの牙城《がじょう》はじわじわと崩されていくだろう。そのための立太子と婚約だ。兄上にはすまないが、ギルドラン伯爵をはじめ、この国を蝕《むしば》もうとする膿《うみ》を出すための餌になってもらう。……けれど、その膿を放置したのは兄上自身でもある。それを償っていただこう」

そう告げるマリウスは、いつもの人懐っこい王子と評判の姿とはまるで違っていた。強《したた》かで狡猾《こうかつ》な、彼本来の姿を晒している。その面を嫌というほど知っているエイドリックは、驚きもしないで頷いた。

「ええ。そうなってもらわないと困ります。そのためにアルデバルト侯爵家は中立であることを捨て、あなたについたのですから」

エイドリックの言葉を聞いて、マリウスが急にクスッと笑った。

「しかし、ギルドラン伯爵による圧力まがいの再三の要請にもかかわらず、頑《かたく》なに中立を保ってきたアルデバルト侯爵家がたった一人の女性――しかも身分の低い男爵家の令嬢のために動くとはね。いやはや」

「ただの女性ではなく、未来の侯爵夫人のためです」

エイドリックはそう言った後、マリウスにやや険を孕んだ目を向けて問いただした。

「それより、なぜミレイアをダンスに誘ったのですか？　そのせいであの子はウィレム殿下に完全に目を付けられてしまったじゃないですか」

「兄上は謁見の時からすでに彼女に目を留めていたさ。君が連れていて、しかもあの容姿だもの。でも父上に女性関係のことで釘を刺されたし、今度はそれどころじゃなくなるだろうから、平気さ。それとダンスに誘ったのは、君の秘蔵っ子と話をしてみたかったからだよ。彼女は君と交わした密約の要《かなめ》だ。僕が関わるのだから、彼女の人となりを確認する権利はあるだろう？」

マリウスは無邪気に告げた。エイドリックは、下心などないと言いたげなその顔と物言いを無視して眉を上げて詰問する。

「では踊りながら、ミレイアにいったい何を言ったのです？　とぼけてもダメですよ。あの子はあなたと踊ってから様子が変わりましたから」

するとマリウスはペロッと舌を出して悪戯っぽく言った。

「ああ、言ったよ。彼女に、君から逃げたいのなら力を貸すってね」

その言葉にエイドリックはスッと目を細めた。

「……約束を違えるつもりですか？」

「とんでもない。君と交わした約束があるからこそ、自分が介入するに値するか試させてもらったまでだ」

マリウスはそこまで言うと、薄笑いを浮かべた。

「でも、もし彼女があの場で君から逃げることを選んでいたら、僕は君との密約を反故《ほご》にしてでも彼女を認めないつもりだったよ。そんな相手は君にふさわしくないからね」

主の言葉に、けれどエイドリックは淡々と答える。

「それは余計なお世話というものです。それに、ミレイアは私から逃げませんから、杞憂《きゆう》ですよ」

それは彼にとっては明白なことであり、マリウスが確認するまでもないことだった。けれど、それを知らないマリウスは更に何か言おうと口を開きかける。そこに今まで無言で二人のやり取りを見守っていたセレスティアの声がかかった。

「ねぇ、それでエイドリックの大切なミレイアと話をしてあなたはどう思ったの、マリウス？」

舞踏会ではミレイアと直接話す機会のなかった彼女は、興味津々の様子で尋ねた。それに対してマリウスはあっさり告げる。「歳の割には、感情面が幼い」と。

「けれど、その一方で知識は豊富で、受け答えもはっきりしている。僕に対しては控えめだけど、決して物怖《ものお》じしてはいなかった。そこだけ取れば、もっと身分の高い貴婦人のようだったよ。そのくせ、君に対する感情を自分ではよく分かっていないようだ。妙にアンバランスな女性というのが印象かな。それは君のせいかい、エイドリック？」

眉を上げて問う主に、エイドリックは微笑む。

「幼いのではなくて、成長するのを自分から止めていただけです。私が帰ってきましたので、すぐに年相応に追いつきますよ」

自分がいなかったからこそ、心の成長を止めていたと言わんばかりのエイドリックにセレスティアは呆れる。

「彼女の自立心や異性に対する感情が育つのを一番に阻害《そがい》しているのはあなたでしょうに、よく言うわ。いったい彼女をどうしたいの？」

その言葉にもエイドリックは微笑んで答える。

「永遠に繋ぎ止めたい、というのが本音です。ただ、この先ずっと共にあるために彼女にはもう少し大人になってもらわないと、とは思っています」

マリウスが口を挟んだ。

「ずっと君に依存し続けるように育てたのは君自身なのに、成長を促すというのは矛盾《むじゅん》していないか？　君は彼女に成長してもらいたいの？　それともそうじゃないの？」

そのマリウスの質問にエイドリックはきっぱり答える。

「そのどちらともです。侯爵夫人として隣に立つことができるくらい成長してもらいたい。

けれど、それが私から離れていくことを意味するなら成長などしなくていい。ずっと幼いままで私の腕の中で私に依存して生きていけばいいんです」

　さすがのマリウスも処置なしとでもいうように上を向き、呆れたようなため息をついた。

「……前からそうじゃないかと思っていたけど、君はどこかおかしいよね。彼女のことになると」

「その反対です。彼女がいるからこうしてまともに人間らしく生きているんですよ」

　そう言ってエイドリックはうっすらと笑みを浮かべた。

「私はね、自分とミレイア以外は割とどうでもいいんです。侯爵家を継ぐのは義務だから受け入れるけど、必要とあらば、両親ともども切り捨てられますよ」

「そのどうでもいいという範疇《はんちゅう》に僕らも入るわけか」

　マリウスは苦笑する。けれど、それに腹を立てている様子はなかった。エイドリックはそんな彼に爽やかな笑みを向けた。

「すみません。でもこういう性格だと分かって私を側近に迎えたのはあなたですよ。私が生きていくのに真に必要なのは彼女だけ。父も似たようなところがありますね。父は大切に思う範囲が広いので、そういうふうには見えないでしょうが。でも似たところがあるだけに、父は私がおかしいことも、ミレイアを与えておけばまともな後継者として機能することも分かっている。だから侯爵家ではミレイアが私の伴侶となるのは既知の事実なんです。そしてそれは五年前に彼女が初潮を迎えた時に男爵夫妻にも伝えてあります。知らないのはミレイアだけ。生まれて間もない頃から僕の贄《にえ》になると決まっていたとは夢にも思っていないでしょうね」

「生まれて間もない頃って……」

セレスティアが絶句する。

「初めてミレイアと出会った時ですよ。私は九歳くらいでした」

それからエイドリックはミレイアと初めて出会った時のことをマリウスたちに語った。

「幼い頃から私は周囲の望むまま侯爵家の跡取りを演じてきました。何をやらせてもそつがない、親の言うことをよく聞く出来のよい自慢の息子。周囲はそう見ていました。でもそれは表面だけのこと。私には子供が普通持っている豊かな感情というものが欠けていて、何に対しても心を動かされることがなかった。何もかもどうでもよかったんです。わずらわしいことを言われたくないからという理由で周囲の望む振る舞いをしていただけのくそ生意気な頭でっかちの子供だったのですよ。けれど社交や仕事で忙しい両親はそれに気づくことはなく、私の演技を見抜いたのは当時家庭教師をしていた男性だけでした」

彼は植物学を専門としながら、有名な学園で教鞭をとっていたこともある壮年の男性だった。侯爵家の長男だからといってエイドリックに阿《おもね》ることもなく、また子供だからといって侮《あなど》ることもなく、公正で熱心で教師としても人間としても優秀な人物だった。その彼は今ミレイアのもとにいて教鞭をとっている。マリウスはミレイアの知識や受け答えを「もっと身分の高い貴婦人のようだった」と称したが、それも当然だ。母親の侯爵夫人が心得と作法を仕込み、あの老博士が「侯爵夫人」として必要な知識を彼女に教授しているのだから。

「その彼が言ったんですよ、私が空っぽだって。中身がないと。それと同時に彼は『それを埋める相手を見つけなさい。そうしたら君は空っぽじゃなくなる』とも言ったのです。もちろん最初は彼の言うことなんて内心では鼻で笑っていたのですけどね。ある日、父と母に連れられて生まれて間もないミレイアを男爵家に見に行った時、初めて彼の言うことが分かりました。赤ん坊のミレイアがあの翠の瞳で私を見上げて笑った瞬間、見つけたと思ったのです」

今でも鮮やかに思い出せる。無防備に眠る小さな赤ん坊。ほんの少しだけ興味を覚えて両親と男爵が目を離した隙に近づいて、そのふっくらした小さな手の平に触れた。その手が彼の指をぎゅっと握るのと同時に、閉じていた赤ん坊の目が開いた。……その時、ミレイアが彼を認識したとは思わない。けれど、その穢《けが》れのない宝石のような目が彼を見上げ、確かに笑った時、エイドリックは生まれて初めての衝撃を受けた。今まで誰にも感じたことのない高揚感に包まれ、何かが満たされていった。彼女が彼の言っていた「欠けたものを埋める存在だ」とすぐに分かった。

『お父様、お母様。僕はこの子が欲しい。この子を僕にください。……くださいますよね？』

ミレイアを抱きしめて微笑みながらそう告げる自分の目はきっと狂気を帯びていただろ

う。

「そんな私の姿を見て、ようやく両親も私がおかしいことに気づいたのです。私はその時まで生まれて一度も何かを欲しがったことはなかった。いつも聞き分けがよく、何かを主張することもなく周囲の言うことを受け入れていた。それが子供としてどんなに不自然なことかようやく彼らも悟ったのです」

『あの子は僕のものです。欠けていたものを埋める唯一の存在。僕から離すことはたとえあなた方であろうが許さない』

そう告げるエイドリックは九歳には見えなかった。周囲の期待に合わせてつけていた優等生の仮面を取り外した彼は大人びていた。それも異常なほど。

「そんな息子に両親は恐れおののき、けれど似たような一面を持っていた父親が下した判断は、僕からミレイアを引き剝がすより、与えてまともな人生を歩めるようにした方がいいというものでした」

『お前が成人して、それでもミレイアを手元に置きたいのなら許可しよう。だが、男爵家の娘を伴侶に選ぶことへの障害は自分の手で解決すること。それができなければ、ミレイアの手を放して、侯爵家とは関係のない幸せな人生を送らせてあげるんだ』

そう父親と約束した。だが、ミレイアの手を放す？　冗談じゃなかった。だから、エイドリックは彼女が自分から離れていかないように全精力を注いできた。彼女が自分だけを頼るように、離れられないように、この腕の中で囲って育ててきた。

「だからね、あの子は私のものなんです。決して放しはしません」

エイドリックはマリウスとセレスティアに笑顔で告げる。二人は何とも言いがたい眼差しを彼に送っていたが、少々鼻白んだ様子で先に口を開いたのはマリウスだった。

「……けれど、それは彼女に何も告げてない理由にはならないよ、エイドリック。君、彼女に言ってないんだろう？　彼女が狙われていたこと。なぜ今あの館で厳重に守られているのかということも。かわいそうに、彼女にしてみたら、わけも分からない状況で閉じ込められて、君に毎晩のように蹂躙されているわけだ」

だがその忠言にもエイドリックは淡々と答える。

「お言葉ですが、殿下。一度誘拐されかけて怖い思いをしたあの子に、ずっと監視され、狙われ続けているのだと告げろというのですか？　常に緊張を強いられ、一時も息をつけないという状況にあの子を追いやれと？　それくらいなら、私に怯えていた方が何百倍もマシです」

「……でもそれって男の勝手な論理よね。自分の知らないところで勝手に決められて守られてるなんて、私なら真っ平だわ」

セレスティアが呟く。けれどエイドリックはそんな彼女に微笑を向ける。

「姫、あなたは強くて自分を守るすべを持っている。でもミレイアは違うんです」

「でもね」

何か言いかけたセレスティアをマリウスが遮った。

「とにかく、身の回りには十分気をつけてくれ。あそこは安全だと思うが、明日からまた荒れる。手負いの獣は何をするか分からないからね」

「はい。殿下の方こそ御身にはお気をつけください。私やミレイアよりお二人の方が遥かに危険ですからね」

「そんなのは今更さ」

ふっと笑うマリウスにエイドリックも「そうでしたね」と笑う。ライナルト国に留学していた二年間、何度も命を狙われた。それを考えれば、帰国してからのこのひと月は平和そのものだと言えよう。だが、これも嵐の前の静けさに過ぎないと二人とも分かっている。明日から宮廷は荒れるだろう。だが、エイドリックはその火の粉がミレイアに直接降りかからなければそれでよかった。

エイドリックは立ち上がりながら言う。

「話はそれくらいですか？　ならば私は屋敷に戻ります」

「ああ、遅くに呼び出してすまなかったね」

セレスティアはまだ何か言いたげだったが、エイドリックはそれを無視して礼をとった後、扉に向かった。そこにふと声がかかる。

「そうそう、言い忘れていたけど」

マリウスだった。足を止めて振り返ると、彼はソファの上で背もたれに身体を預け、いつもの人懐っこい笑みを浮かべてエイドリックを見ていた。

「もし彼女が君から逃げると選択した場合、僕は約束どおり、君から引き離すからね？」

その言葉に、エイドリックは眉一つ動かさずに答えた。

「ご心配なく。先ほど言いましたが、ミレイアは私から離れていきませんよ。憶測じゃない。明白な事実です。なぜならあの子は籠の鳥だから。私の腕の中でしか生きていけないからです」

答えるエイドリックの口調は確信に満ちていた。

＊＊＊

エイドリックは城から戻ると、真っ先に二人の寝室に向かった。ベッドで丸くなって横たわるミレイアの姿を目に入れ、ホッと息を漏らす。ここは鉄壁の守りを誇る場所で、彼がいない間も何事もなかったのは分かっている。けれど、早く彼女の姿をこの目で確認して安心したかった。

気配で起こさないようにそっと近づいてミレイアの顔を覗き込むと、薄明かりの中で眠る彼女の頬に涙の零れた跡が見て取れた。エイドリックから逃れられぬわが身を嘆いたのか、彼が離れて城に行ってしまったからなのか。けれど、エイドリックにはそのどちらでもよかった。それは彼のために流された涙だからだ。

心の底で暗い喜びがさざ波のように広がっていく。

──そうやって、頭の中が自分だけでいっぱいになればいい。怒りも嘆きも全て自分だけに向けて、自分のことだけ考えていればいい。

エイドリックはそっとその涙の跡に触れ、愉悦の笑みを浮かべた。

狙われる恐怖にミレイアを怯えさせたくないとマリウスたちに言ったが、それは理由の一つでしかない。エイドリックはミレイアに自分以外のことに意識を向けて欲しくなかったのだ。だから両親が表に出てこない理由を告げず、この屋敷に閉じ込めた。言えば彼女は二人を心配するだろう。でもそれすら彼は嫌だった。彼女の頭の中に巣くうのは自分だけでいい。

──もっともっと僕でいっぱいになって。他は見ないで。

この狂おしい気持ちは年々酷くなる一方だ。彼女といて欠けていたものが満たされたと思う端《はな》から貪欲になっていく。もっともっとと心が求め続ける。

……ミレイアを名実共に自分のものにできた時、この渇きは少しは癒えるのだろうか？

エイドリックはミレイアの頬にキスを落としてそっと囁いた。

「かわいそうに、ミレイア。こんな僕に囚われて。でもごめんね。放してあげられないし逃がしてあげられない。だから早く諦めて僕の腕の中に堕ちておいで。ここが君のいるべき場所なのだから──」

第五章　真実と真相と

大舞踏会の日から半月が経過した。その間、ミレイアは相変わらずエイドリックによって屋敷に閉じ込められ続けている。アルデバルト侯爵夫妻にも未だ会うことを許されないままだった。

そして屋敷の外に出ないのだから、マリウス王子に会うこともない。まだ答えを出せないでいるミレイアは、そのことに安堵すら覚えていた。

エイドリックが傍にいない時は逃げなければと思うのに、彼が近くにいる時は逃げた後で永遠に会えなくなることを思い、胸が締めつけられる。……いや、傍にいない時もそれは変わらない。

ミレイアは窓の前に立ち、真っ暗な外を眺めながら自嘲《じちょう》する。

……結局自分はエイドリックの傍にいたいのだ。逃がしてくれないから、ということを彼の傍にいる理由にしていただけ。なぜなら、本当は離れなければならないのだと分かっていたから。彼の将来を考えたら、自分が傍にいてはだめだと知っていたからだ。でも、それでも傍にいたくて、自分をごまかしていたのだ。

けれど、その言い訳はマリウス王子の言葉によって使えなくなってしまった。あの言葉でミレイアは選ばなければならなくなった。……彼から離れるかどうかを。でもそれは身を切られるよりも辛い選択だった。

「ミレイア」

声と共に背中からそっと抱きしめられ、その感触と温かさに小さな震えが走る。この腕を失いたくなくて、胸が詰まった。

「ミレイア、ベッドにおいで。今日も壊れるくらい愛してあげる」

耳に触れんばかりに近づいた唇が囁く。ドクンと心臓が大きく鳴り響き、早駆けを始める。ぞくぞくと背筋が粟立ち、胸の先と子宮が期待でちりちりと疼いた。

ミレイアは目を閉じ、エイドリックに身をゆだねた。その様子はこの屋敷に来たばかりの頃の彼女とは明らかに異なっていた。ミレイアはもはや彼を拒むことなく、自ら彼を受け入れている。その違いにエイドリックが気づかないわけはないが、彼はその点について触れることはなかった。だが、二人の交わりはますます濃厚になっていき、ミレイアの身体を淫らに染め上げていく。

エイドリックの白濁を今日も胎内で受け止め、悦楽に身を震わせながらミレイアは願う。

もう少し、もう少しこのままで。

……けれど、ミレイアが鳥籠の中で隔離されて過ごしている間も、外では確実に変化が起こっていた。

——それを彼女が知ったのは、唯一出席を許されたラファイエット公爵主催のパーティの席でのことだった。

ミレイアを外に出すのを嫌がるエイドリックだったが、マリウスの祖父であるラファイエット公爵家の招待だけは無下に断ることができなかったらしい。そこでの舞踏会の後、初めての社交の席についたミレイアは、エイドリックが公爵に声をかけられ話をするために少し席を外した折、話し相手になってくれた公爵夫人の口から驚くべきことを聞かされた。彼女は寡黙な公爵とは違って社交好きでおしゃべりが大好きという老婦人で、ミレイアが世間の噂話に疎《うと》いと知ると目を輝かせてあれこれ言って聞かせたのだ。その中に彼女を驚かせることがあった。

今宮廷では第一王子派の粛清《しゅくせい》や罷免《ひめん》が相次いで起きているらしい。財務省の役人を中心に収賄《しゅうわい》や不正、横領《おうりょう》、職権乱用などの罪で多くの貴族が拘束され裁判にかけられていた。それらの不正の調査や逮捕、処分に至るまでを一手に引き受けているのが、王が特別に設置した審議調査会だ。そして、その責任者となり全ての陣頭指揮に当たったのが、アルデバルト侯爵なのだという。

「おじ様、が……？」

「ええ。さぞ大変だったでしょうね。彼らの不正を調べていることを第一王子派の筆頭であるギルドラン伯爵に知られたら大変ですもの。万が一知られたら身の危険もあるわけでしょう？　だから調査は極秘に行われ、万一のことを考えて侯爵たちは屋敷ではなく別の場所に匿《かくま》われながらの仕事だったようよ」

ミレイアは愕然とした。では、エイドリックがミレイアをアルデバルト侯爵家の邸宅に連れて行かなかったのは……彼らに会わそうとしなかったのも……。

「なぜ？　どうして、おじ様たちの仕事のこと、言ってくれなかったんですか？」

ミレイアは帰りの馬車の中でエイドリックと二人きりになったとたんに詰め寄った。何一つ知らせてもらえないことがショックだった。

「君にそれを言ったのは、公爵夫人かい？」

エイドリックはミレイアの言葉を聞いて、眉を顰める。気に入らないことがあった時の彼の癖だ。彼はミレイアに彼の両親のことを知って欲しくなかったのだろう。

「エイドリック兄様、どうして……？」

悲しかった。そんな重要なことを知らせてもらえないほど自分は取るに足らない存在なのだろうかと。

エイドリックはため息をついた後、ミレイアの頬に触れながら言った。

「それが両親の希望だったからだよ。君に社交界デビューを楽しんでもらうために、全てが終わるまで自分たちのことを伏せるようにしようと、三人で話し合って決めた。知ったら必ず君は心配するだろう？」

「あ、当たり前です……！」

「だからだよ。それに、君自身の心配をして欲しくなかったからだ」

「え……？」

ミレイア自身の心配？　それはどういう意味かと問いかけたミレイアはあっと思った。そうだ、アルデバルト侯爵の身が危険ならば、エイドリック、それに被後見人であるミレイアだってまるで無関係ではいられないのだ。

もしかして、だからエイドリックはミレイアをあの屋敷に閉じ込め、外に出さないようにしていた……？

「表向き僕たちはアルデバルト侯爵家の別邸に居住していることになっている。父たちもだ。けれど実際は、両親は陛下が用意してくれた場所に匿われ、僕たちはあの屋敷に住んでいる。あの屋敷はマリウス殿下が派遣してくださった兵で厳重に守られているんだよ。あそこで働いている者は一人残らず戦闘員だ」

「一人残らず？」

ミレイアは目を丸くした。脳裏に屋敷で働く人たちの顔が浮かんでは消えていく。ミレイアを優しく気遣い、けれどエイドリックにとても忠実な使用人たち。

「じ、侍女のソフィアや執事のアルフレッドも？　庭師や掃除婦たちも？」

エイドリックは頷いた。

「ああ、彼らは王直属の特殊な部隊の一員だ」

「……まぁ」

思いもよらなかった事実を聞かされてミレイアは呆然とした。けれど、そんな特殊な軍の人間が厳重に警戒するほどの危険に晒されているのだと急に思い至り、うすら寒くなって身を震わせた。エイドリックがそれに気づいて優しく胸に抱き寄せる。

「怖い？　すまない。だから君に教えたくなかったんだ」

「ごめんなさい……」

直接脅《おびや》かされていない自分が今こんなに怖いと思っているのだから、彼女より危険に晒されているエイドリックの両親はもっと恐怖を味わっていることだろう。けれど、それでも職務を全うしようと頑張っているのだ。

エイドリックは首を横に振った。

「いや、謝る必要など何もないよ、ミレイア。君を巻き込んでしまったのはこちらの方だ。ただ、この機を逃すとまた君の社交界デビューが遅れてしまうから、殿下の協力のもと、最大限の安全策を取らせてもらった」

だからなのだ。ミレイアを一歩も外に出そうとしないのも、あの屋敷を正規の兵士たちが守っているのも、彼女を閉じ込めるためではなく、守るためのものだったのだ。

「私のために……？」

「気にすることはないよ。本当なら母もこの屋敷で匿われる予定だったのだけど、危険だからこそ父の傍にいたいと言ってね」

「おば様……」

ミレイアの脳裏に凛とした侯爵夫人の姿が浮かんだ。彼女ならどんなに危険でも夫の傍にいようとするだろう。

「けれど、あと少しの辛抱だ」

エイドリックがミレイアの髪を撫でながら言った。

「あと少しで全て終わる。一連のことは第一王子派への牽制《けんせい》や見せしめに見えるだろうが、事実は違う。財務省——いや、ギルドラン伯爵を中心に宮廷内では酷い汚職が蔓延《まんえん》していた。それを陛下は憂いておられて、二年前から父にひそかに調査させていたんだ。証拠がなければいかに陛下といえども臣下を罰することはできないからね」

「二年も前に？」

「ああ。残念ながら今のところ直接彼に繋がる証拠は出ていないが、子飼いの貴族たちの身柄は押さえたから、そこから証言と証拠が得られるだろう。それにこれだけの逮捕者が出たら、彼は大臣としての責任を取らざるを得ない。事実上、彼の政治生命は終わったも同然だ」

そこまで言って、エイドリックはミレイアを真剣な眼差しで見下ろす。

「ただ、手負いの獣は何をするか分からない。だからこそ両親はまだ隔離され守られている。けれど、ギルドラン伯爵を押さえることができれば、両親や君への危険もなくなる。そうしたら二人にも会えるようになるだろう。だから、あと少し我慢して、ミレイア」

「……はい」

ミレイアは頷いて、エイドリックの胸に頬を寄せた。あの屋敷に閉じ込められている理由も、アルデバルト侯爵夫妻に会えない理由も分かった。ミレイアはずっと誤解していたのだ。鳥籠などと言っていたから、てっきりミレイアをあそこから逃がさないためのものだと思っていたが、考えてみれば、鳥籠は鳥を閉じ込めるのと同時に外敵から鳥を守るためのものでもある。

――ずっとずっと彼女は守られていた。囲われて閉じ込められたことにも意味があった。それはミレイアにとって嬉しいことのはずだった。

少なくとも、彼にとって自分は性的満足を与えるだけの存在ではなくて、あの遠い日々と同じように守るべき存在だということなのだから。

……けれど、ミレイアはなぜか素直に喜べなかった。

＊＊＊

エイドリックはあと少ししたら、アルデバルト侯爵夫妻と会えるようになると言った。

けれど、その再会の機会は意外に早く訪れた。ギルドラン伯爵が部下たちの横領や収賄の責任を取るという形で大臣の地位を解任され、自邸での謹慎《きんしん》を命じられたからだ。彼がそれらの犯罪に関わっている証拠はまだ出ていないが、アルデバルト侯爵が率いる審議調査会の調べはまだ続いていて、いずれギルドラン伯爵にたどり着くのは必至と思われた。

「もう大丈夫だとは思うけど、まだ油断できない。警戒を怠《おこた》るわけにはいかないな」

ミレイアにそう言った後、マリウスに呼ばれて城に向かったエイドリックだったが、午後になって彼から、城の一室で侯爵夫妻とミレイアが会えるように手筈を整えたから今すぐ来るようにという連絡が入った。ミレイアは最初にその知らせを受け取った時、呼びつけるなんてエイドリックらしくないと思った。彼ならこういう時は直接自分が迎えに来るだろう。けれど、屋敷の誰もその連絡を不審に思わなかったようだ。もしこれが偽の呼び出しだったら、訓練を受けて戦闘にも長けた彼らが分からないはずはない。きっと、エイドリックは今、手が離せないのだろう。そう思いながら、ミレイアはソフィアに着替えを手伝ってもらい、城に出向くのにふさわしい品の良い薄紫色のドレスを身につけた。エイドリックが彼女のために誂《あつら》えた高価なドレスで、デザインは大人しめだが、それがかえってミレイアの繊細な顔立ちを引き立てている。

「とても良くお似合いですわ。エイドリック様も侯爵様たちもきっと満足されるはずです」

ソフィアに笑顔で見送られて、ミレイアは兵士たちと共に屋敷を後にした。厳重に警護され城に向かう道中の物々しさに、改めてアルデバルト侯爵夫妻が危険な仕事を引き受けていたのだと知る。

門の中に入り、馬車から降りたミレイアは、てっきりエイドリックが迎えてくれるものと思っていたが、そこで彼女を待っていたのは、侍女の制服を着た金髪の若い女性だった。彼女はにこやかな笑みを浮かべ、ミレイアに頭を下げる。

「ミレイア・ジュスティス様ですね。アルデバルト侯爵様たちのもとへお連れするように言いつかっております」

ミレイアは戸惑い、ここまで連れてきてくれた護衛の兵士へ問いかけるような視線を送った。彼はミレイアの視線を受けて、大丈夫だというように微笑む。二年前、あの西の森で誘拐犯たちに向けて弓を射った兵士だった。聞けば彼は留学中もマリウスやエイドリックたちの護衛に当たっていたらしい。その彼が問題ないというのなら大丈夫だろう。ミレイアはそう判断して、侍女の後について城の中に入っていった。城の中はミレイアたち貴族の住む邸宅と違って、高い城壁の内側にいくつもの棟が立ち並び、それらが回廊で結ばれ、迷路のように入り組んでいる。目的の場所がどこなのか分からないミレイアは侍女についていくしかなかった。

いくつかの回廊を抜け、ひときわ大きく立派な棟に入る。すると、侍女はそのうちの一室の扉を開けて、ミレイアに入るよう促した。その部屋は広くはないが豪奢な机や椅子などの調度品が置かれていた。部屋の雰囲気はかつて謁見の前に何人かのデビュタントたちと入っていた控えの間によく似ていた。

「こちらの部屋でしばらくお待ちください。今、到着されたことをお伝えしてまいりますので」

侍女はそう言うと、きょろきょろと周囲を見回すミレイアを一人残して、部屋を出て行った。所在ないミレイアは椅子に腰を下ろす。大人しく彼女が戻ってくるのを待っていると、不意に前触れもなく扉が開き、そちらに顔を向けたミレイアはぎょっとした。てっきり侍女か、それともエイドリックかとばかり思っていたのに、そこに立っていたのは第一王子のウィレムだったからだ。

「先客がいたのか」

ウィレムはミレイアの姿を認めて目を丸くした。

――なぜ、彼がここに……？

慌てて椅子から立ち上がりながら、ミレイアは一瞬あの侍女に騙されたのかと考えた。わざとここにミレイアを連れてきて、ウィレムに引き渡そうとしたのかと。けれど、ウィレムがミレイアの姿を見て驚いていることと、彼が女性の手を引いていることでそれは勘違いだと分かる。

「お前は……」

ウィレムはミレイアを覚えていたようで、女性の手を放すとじっとミレイアの顔を眺めた。その視線が薄紫色のドレスに包まれた肢体を上からなぞっていく。けれどミレイアはウィレムではなく、彼の連れている女性の方が気になり、ウィレムの緑の瞳に好色そうな光が浮かぶのに気づかなかった。女性は案内してくれた侍女とは色と形の異なる制服に身を包んでいる。侍女は侍女でもおそらく所属や仕事内容が違うのだろう。そしてその制服は今、胸のあたりが乱れていた。ミレイアの頬が赤く染まる。国王が大舞踏会のホールで言っていたようにウィレムの女癖の悪さは有名な話で、彼らが何のためにこの部屋に来たのかは明らかだった。自分に侍《はべ》っていた貴族たちが次から次へと失脚しているのに、当の本人はまるで危機感を覚えていないらしい。誰の目があるか分からない城でそんな行為をしようとする彼に、内心ミレイアは呆れた。

その侍女はミレイアと目が合うと、恥ずかしそうに顔を背けて慌てた様子で乱れた服を整える。それからミレイアの方を見ようともしないでウィレムに頭を下げるとパタパタと廊下を走り去ってしまった。後に残されたのはミレイアとウィレムのみ。だがウィレムは連れ込もうとした女性が逃げていっても、まったく振り返りもせずひたすらミレイアを見つめている。その目に欲情が浮かんでいるのに気づいてミレイアは危険を感じた。

「逃げられてしまったではないか」

ウィレムは部屋に足を踏み入れながら扉を閉める。けれどその口調はまったく残念そうには聞こえなかった。彼の標的があの侍女から別のものに移っていることは明白だ。パタンという扉の閉まる音がミレイアの耳にはとても不吉な音に聞こえた。

「だが、いい。お前、大舞踏会でマリウスと踊っていた、サーステン子爵の連れのデビュタントだな?」

ミレイアに近づきながらウィレムが言った。ミレイアは扉の方に助けを求めるように視線を送った後、しぶしぶ頷く。

「はい」

できればこのままあの侍女のように走って逃げたかった。だが、ウィレムはなぜかミレイアのことを知っているようだ。相手は王族。このまま逃げたら、王子に不敬な態度を取ったということで、後見人であるアルデバルト侯爵やエイドリック、ひいてはジュスティス男爵家にまで累《るい》が及ぶかもしれない。

そうこうしている間にウィレムがミレイアの前に立つ。後ろに下がって距離を置きたい気持ちを抑えながらミレイアはぎゅっと手を握り締めた。足下から小さな震えが駆け上がってくる。間近で見るウィレムは精悍な顔立ちをしていた。がっしりとした身体つきに、きりっとした眉。国王の口調を真似《まね》ているのか、尊大な物言いはいかにも王族という感じだ。けれど、国王にあった威厳はなく、ただ小手先で真似ているだけのように思えた。

「謁見の時に一目見た時から気になっていたんだ」

ウィレムはそう言って手を伸ばしてミレイアの髪のひと房を掬い上げる。ミレイアはビクンと身体を震わせた。

「この見事な髪。とても印象的だった。まるで朝の光に照らされた新雪のようだと思ったものだ。そこに足を踏み入れて真っ白なものを汚すことほど楽しいものはない。そうは思わないか？」

触らないで！　そう喉まで出かかった。まるで、エイドリックが帰ってくるまでの二年間に逆戻りをしたみたいだった。エイドリックが戻ってきてからは若い男性に傍に寄られても平気だったのに、今は怖くてたまらない。けれど、これまでの恐怖感と、今は違う。ミレイアを見下ろすこの緑色の目が怖かった。これはミレイアを獲物と捉えた目だ。

「お、お放しください」

ミレイアが震える声で訴える。けれど、それを無視して、いや、ミレイアの怯える様を見てウィレムはますます目を輝かせた。

「ちょうどいい。お前のせいで女に逃げられた。代わりにお前が私の相手をしろ」

ウィレムの相手をする。それが何を指すのか分からないほどミレイアは無垢でも鈍くもなかった。心臓をぎゅっと鷲《わし》摑《づか》みにされるような恐怖が全身に伝わる。エイドリック以外の男性に触れられることを考えただけでぞっとした。胃の奥から不快なものがせり上がってくる。

「お、お許しください」

目を潤ませながらミレイアは懇願した。それがかえって男の嗜虐《しぎゃく》心を煽るとは思いもしないで。

「私は……」

「王子に逆らうのか？」

愉悦を含んだ目でそう問われ、ミレイアは息を呑む。

「お前は男爵家の令嬢らしいな？　男爵家など私の一声で簡単に吹き飛んでしまうぞ？　逆らわない方が身のためとは思わないか？」

「あ……」

　ガクガクとミレイアの身体が震えた。これは脅しだ。言うことを聞いて身を差し出さなければ彼女の実家のジュスティス男爵家を潰すという。

　どうしたらいいのだろうか。どうすればこの場を切り抜けられるのだろうか？　彼に身を差し出すのは論外だ。けれど、そうしなければ男爵家が……。

　――エイドリック兄様……！

　ミレイアは心の中でエイドリックに助けを求める。こういう時、一番に思い浮かぶのはやはり彼の姿だった。

　その時、前触れもなく扉がバタンと開く音がした。同時に、エイドリックとは似ても似つかない声が部屋に響く。

「そこまでですわ、ウィレム殿下」

　ハッとしてミレイアとウィレムが振り向くと、そこに立っていたのは、セレスティア王女だった。先ほどミレイアをここまで案内してくれた侍女を伴っている。セレスティアはその青く印象的な目をウィレムに向け、笑みを浮かべながら鈴を鳴らすような声で告げた。

「彼女は私の客人です。無体なことをされては困りますわ。それに彼女はサーステン子爵の婚約者。公的に相手のいる女性に手をつけたとなると、王族とはいえ非難は免れませんわよ?」

「無体なことなど……」

強い光を宿すセレスティアの目に見据えられてウィレムは怯む。ミレイアは思いもかけない助けに呆然としていたが、サーステン子爵の……エイドリックの婚約者と言われて戸惑った。婚約などしてはいないからだ。でもそれはきっとウィレムを退かせるための方便だろう。確かに人妻や婚約者のいる相手に手を出したら、王族とはいえ、倫理上非難は免れない。だから彼女はとっさにエイドリックの婚約者に仕立て上げたのだろう。

セレスティアは更にたたみかけるように意味ありげに笑った。

「それに、このことが陛下のお耳に入ったらどうなさいますの? 大舞踏会の時、陛下や大勢の貴族たちの前で、以後、女性問題を起こさないと宣言したことを私は忘れておりませんよ?」

正確に言えばそれを宣言したのはウィレム本人ではなくてギルドラン伯爵だが、その伯爵や側近たちから女性のことについては散々注意を受けているのだろう、ウィレムはバツが悪そうに小さく舌打ちし、ミレイアの髪から手を放した。

ホッとした。それで彼がミレイアから手を引くつもりだということが分かったからだ。

「もう、いい。私は行く」

ウィレムは吐き捨てるようにそう言うと、セレスティアが開けた扉から足音高く出て行ってしまった。後に残されたのは、戸惑ったままのミレイアと挑戦的な光を浮かべてウィレムが出て行った扉に目を向けていたセレスティア、それに彼女の横に控えた侍女だけ。

セレスティアがミレイアの方を振り返った。

「大丈夫？　何もされてない？　まさかあの男がここに来るなんて思いもよらないことだったけれど、間に合ってよかったわ」

ミレイアはハッとして慌てて頭を下げた。奇妙な成り行きだが、ウィレムの手からミレイアを救い出してくれたのは確かだ。

「ありがとうございました、セレスティア様。おかげで助かりました」

「いいのよ。ここにあなたを連れてくるように言ったのは私ですもの」

「え？」

思わず顔を上げたミレイアにセレスティアは笑う。

「私、あの男、ウィレムって好きじゃないのよね。尊大ぶっているくせに卑屈で、気に入らないとすぐ権力を振りかざす。被害者はあなただけではないわ。マリウスは根は悪くないと言っていたけれど、女の私から言わせれば最低の男よ」

セレスティアのウィレムに対する言葉は容赦なかった。いくら王族とはいえ、この城でそんなことを言って大丈夫なのかとミレイアは心配になったが、考えてみれば彼女は将来王妃になる人物だ。たとえ聞かれたとしても誰も咎めはしないだろう。それより……。

「あの、ここに私を連れて来るようにと、セレスティア様が仰ったのですか……？」

ミレイアがおずおずと尋ねると、セレスティアは頷いた。

「ええ。私があなたをここに連れてくるように命じたの。いえ、本当のことを言うと、この城にあなたがくるように、私がマリウスにお願いしたの」

「え……？」

ミレイアは目を見開いた。ミレイアを呼んだのはセレスティア？　エイドリックではなく？

「で、ではおじ様とおば様に会えるというのは……」

エイドリックが呼び出したのではないとすると、アルデバルト侯爵たちのことも嘘だということだろうか？　けれどセレスティアは首を横に振った。

「いいえ。それは本当よ。ちゃんとこの城で会えるように手筈《てはず》は整えてあるわ。けれど、その前に私に付き合ってもらいたいの。……それにウィレム王子に襲われかけたんですもの。侯爵夫妻に会う前に心を落ち着ける必要があると思うわ」

セレスティアはそう言ってにっこり笑った。

「ねぇ、あなたをお茶会にお誘いしたいのだけど、いいかしら？」

……それはミレイアの意見を伺う形を取っているが、まぎれもなく強制の意を含んでいた。

——まさか、こんなことになるだなんて。

ミレイアは信じられない思いで、中庭の一角に設えられていたテーブルに、セレスティアと向かい合わせに座っていた。そこは花壇に囲まれたとても美しい場所で、色とりどりの花が目を楽しませてくれる。先ほど控え室まで案内してくれた侍女がお茶とお菓子をテーブルに置いて頭を下げると、静かにミレイアたちから離れていった。彼女がいなくなってしまうと、その場所はミレイアとセレスティア二人だけになった。

「人払いをしてあるから、私たちの会話を人に聞かれる心配もないわ」

セレスティアはそう言って、ティーカップを持ち上げて優雅に口に運んでいく。その姿にミレイアは思わず見とれていた。エイドリックの想い人だということで複雑な気持ちになるものの、その美しさと気品ある姿に感嘆せずにはいられなかった。けれど、彼女はただ容姿に優れているだけではない。気性を表すように目には強い光を宿し、凛とした姿は誰もが目を奪われるだろう。ミレイアの憧れるエイドリックの母親にも通じるところがあり、大輪の花を思わせた。

強くて綺麗で、そして優しくて気高い女性――ミレイアはセレスティアをそう見ていた。そして同時に悲しくなった。自分にないものを持っている彼女が羨ましかった。エイドリックが惹かれるのも無理はない。彼女はとてもすばらしい人だ。もし自分が彼女のようであったなら、エイドリックの隣に立つのにふさわしかっただろうに。そう思うと胸が疼いた。

すると、セレスティアがテーブルにカップを置きながら不意に言った。

「私ね、あなたとお話をしてみたかったの。知ったらエイドリックは嫌がるでしょうけどね。でも何も知らせないくせに、『黙って俺についてこい。けれど、気持ちは察しろ』だなんていう、男の論理などうんざりなの。私たち女性にも、事実を知って自分の頭で考えて選択する権利はあるはずよ。そうではなくて？」

「は、はぁ……」

セレスティアの言葉はミレイアにはよく理解できなかった。けれど、彼女がその「男の論理」に腹を立てているのは分かった。ミレイアは曖昧《あいまい》に相槌《あいづち》を打った後、恐る恐る促した。

「あの、それでお話というのは……」

エイドリックの元恋人であるこの女性の話とは、エイドリックのこと以外思い浮かばないが、その内容が何であるかはさっぱり見当がつかなかった。もしやミレイアが彼の愛人のような立場でいることに、釘を刺そうとでも？

……けれどそうではなかった。

「屈折しているエイドリックはあなたの感情を独り占めしたいがために何も言うつもりはないみたいだけど、私の意見は違うの。あなたには知る権利がある」

セレスティアはそう前置きしてから驚くべき事実を口にした。

「話というのは、あなたのこと、エイドリックのこと、そして私とマリウスのことよ。最初にこれだけは言っておくわ。私はエイドリックとの間には何もないの」

「……え？」

　驚くミレイアをよそにセレスティアは続けた。

「付き合っていると噂されていたでしょうけど、それは真実ではないわ。ただ、うるさい連中に知られずに話し合うのに、そのような形にした方が都合がよかっただけ。だから表向きそう見えるようにわざと噂を流したの。エイドリックにとっても私との噂は一石二鳥だったのよ。あなたを守るためにね」

「……え？　私を守る、ため？」

　ミレイアは目を見開いた。

「ええ。うちの宮廷で彼の女性関係が派手だったのも、その後私と付き合っているという形にしたのも、全てはあなたの身の安全を図るためだったのよ」

「そ、それは、どういうことですか？」

　思わず身を乗り出したミレイアにセレスティアは眉を上げてみせた。

「エイドリックがマリウスの付き人に選ばれてから、あなたはギルドラン伯爵の手の者に狙われていたのよ。今ではなくて、二年も前からね。まったく知らなかった？　いいえ、覚えがあるはずよ」

　その言葉に、ミレイアの脳裏にエイドリックが留学する直前に起きた誘拐事件のことが浮かんだ。あのならず者たちはミレイアを連れて行けば大金が手に入ると言っていた。もしや、あれは……。

膝の上に置いたミレイアの手が震え出す。そんなミレイアをよそにセレスティアは彼女が知らなかった事実を次から次へと口にした。

――エイドリックがマリウスの付き人として選ばれてから、彼やアルデバルト侯爵のもとにはギルドラン伯爵の手の者と思われる人物が現れて、辞退しろと脅しをかけてきたらしい。中立派の中心だった彼らが第二王子側につき、それをきっかけにして中立派が雪崩をうってマリウス側につくことを彼らは恐れていたのだ。もちろんそんな脅しに屈するアルデバルト侯爵家ではなく、彼らの要請を再三無視した。そのために身の安全まで脅かされることになったのだ。エイドリックがあの当時兵士を伴って領地に戻っていたのも、それを知ったマリウスが彼の身を守るために派遣したものだったのだ。そうして、言うことを聞かない上に簡単に手出しができなくなった彼らに業を煮やしたギルドラン伯爵は、エイドリックの弱みを握って彼らを動かそうとした。それがミレイアだった。

「あなたは社交界デビューをしていないから王都ではその存在を知られていないわ。けれど、領地では誰もがエイドリックがあなたを可愛がり溺愛していることを知っていた。伯爵はそんなあなたの存在に目をつけ、拉致してエイドリックに対する脅しの材料にするつもりだったのよ」

ミレイアは愕然とした。あの誘拐がギルドラン伯爵の仕組んだことで、そんなに前から自分が巻き込まれていたのかと。

セレスティアによると、ミレイアの家に事件の一か月前から雇われていた馬丁は、ギルドラン伯爵側から送り込まれた間諜だったという。ガードが固いアルデバルト侯爵家に入り込むことができなかったので、領地を接していて、侯爵家とも親しい男爵家に潜り込んだのだ。そこでミレイアの存在が目に留まり、ならず者たちを使ってミレイアを誘拐させて、ギルドラン伯爵のもとへ送ろうとしていたのだという。ただ、馬丁が雇い主として吐いた相手はギルドラン伯爵ではなく、その子飼いの取るに足らない貴族の名前だった。その背後にギルドラン伯爵がいるのは確かなのに、直接繋がる証拠が出てこなかったのだ。だからその貴族をたとえ潰したとしても、ミレイアは狙われ続けるだろう。エイドリックと彼女に繋がりがある限り。

そう思ったエイドリックは、ギルドラン伯爵の目をミレイアから逸らすために、あえて連絡を取らずに留学先で浮き名を流したというのだ。人質にするのは、交流の途絶えた田舎の男爵令嬢より、現在付き合っている恋人の方が適しているのは明らかで、ミレイアを利用価値がないと見せかけるためだった。セレスティアと付き合っているように装ったのもそのためだ。

もちろん、それだけでミレイアがギルドラン伯爵の標的から完全に外されるという保証はない。けれど、ミレイアが男性恐怖症になったのが幸いした。あれ以降、ミレイアは一人で屋敷の外に出ることはなくなり、それどころかほとんど部屋に引きこもったままだったからだ。

「あなたの周囲を窺うネズミはいたそうだけど、結局彼らにはあなたを攫ったりする機会がなかったようよ」

こうしてミレイアの身は守られたが、この誘拐事件はエイドリックたちアルデバルト侯爵家に大きな衝撃と怒りをもたらした。侯爵は王の依頼を受け、ギルドラン伯爵を排除するための仕事に着任し、エイドリックもマリウスの計画に積極的に関わるようになった。皮肉にもあの事件が、エイドリックがマリウスの付き人に選ばれた後も頑なに中立の立場を守ってきたアルデバルト侯爵家を第二王子派に押しやることになったのだ。

お金や脅しにも屈することなく、中立を貫いていた彼らが、たった一人の少女のために考えを変えて動いた——。

「エイドリック兄様、おじ様、おば様……」

ミレイアの目に涙が浮かんだ。エイドリックのあの醜聞はミレイアを守るためだった。権力争いを嫌って領地に引きこもっていた侯爵夫妻が王都に戻ったのも、ギルドラン伯爵を取り除かない限りミレイアの安全が保証されないと、誘拐事件で分かったから。

「私……」

ミレイアは溢れてくる涙をこらえた。エイドリックに純潔を奪われた時も、彼の背信を知って自分の存在に疑問を抱いたあの苦しい時も、実はずっと守られていたのだ。

——エイドリック兄様……！

未だにエイドリックが執拗にミレイアを蹂躙する理由も、彼にとって自分がどういう存在なのかも分からない。けれど、それでもミレイアはエイドリックの深い情を確かに感じていた。

震えながら涙をこらえているミレイアを、セレスティアは優しい目で見つめる。

「ねぇ、ミレイア。エイドリックは誘拐されかけたあなたに、再び狙われることの恐怖を感じて欲しくなくて何も言わなかったの。でも今あなたはそれを知ったわ。知って後悔している？　エイドリックたちがあなたを守るためにこの二年間何をやってきたか知らないままの方がよかった？」

「……いいえ」

ミレイアは首を横に振った。確かに間諜が家に入り込んだり、ずっと狙われていたことを思うとゾッとする。けれど、それでもエイドリックの醜聞を聞いた時の辛さに比べたら遥かにマシだった。

セレスティアはミレイアの答えを聞くとにっこり笑った。

「やっぱり男の論理などくそ食らえだわ」

「え？」

ミレイアはこの美しい王女の口からそんな言葉が出てくるとは思いもよらず、目を瞬いた。セレスティアはそんな彼女に笑みを深くする。

「あなたには知る権利があると思うからもう一つ教えてあげる。ねぇ、あなたはなぜエイドリックがマリウスの付き人に選ばれたと思う？　別に中立派の彼でなくとも、第二王子派の貴族の中から選べばいいだけなのに」

「え？」

ミレイアは戸惑ったような声を上げた。今まで彼女はエイドリックが選ばれた理由など考えたこともなかったのだ。けれどセレスティアがこう言うからには何か理由があるのだ。エイドリックでなければならない理由が。家庭教師の老博士に教えてもらったことを思い出しながらしばし考えた後、ミレイアは恐る恐る言った。

「陛下が中立派の勢力を第二王子派に組み入れたかったから、ですか？」

今まで見聞きした話だと国王はギルドラン伯爵の権勢を良く思っていなかったようだ。それに前々からマリウスを王太子にする心積もりもあったらしい。だからマリウスを王太子に任命しやすいように中立派の中核だったアルデバルト侯爵家をマリウスに近づけることでギルドラン伯爵を牽制し、彼を王太子の座につけやすいようにしたのではないだろうか。

セレスティアはミレイアの答えを聞いて合格、とでもいうように微笑んだ。

「ええ、そう。それもあるわね。でもそれは理由の一つでしかないのよ。ミレイア、権力に取り付かれている男が、その権力を摑むために障害になるものがある時、彼はそれをどうすると思う？　もちろん、取り除こうとするはずよね？」

その権力に取り付かれた男とはきっとギルドラン伯爵のことだろう。そして、彼が権力を摑むのに障害になるもの……。そこまで考えてミレイアは息を吞んだ。脳裏に、舞踏会のホールから出て行く寸前、マリウスとセレスティアを昏い目で見つめていた伯爵の姿が浮かぶ。彼がより権力を握るためには、後見人を務めているウィレムを王太子にしなければならない。その障害となるマリウスを彼が放っておくわけがない。排除するために動くだろう。だが、自国の城の中でマリウスに何かあったら疑惑の目は当然ウィレムに行ってしまう。けれど、それが自国でなければ……

「まさか、ライナルト国で、マリウス殿下を……？」

ミレイアの言葉にセレスティアは頷いた。

「ええ、そうよ。マリウスはこの二年間ずっと命を狙われていたわ。それが予想できたから、陛下はエイドリックに白羽の矢を立てたの。彼は何があっても冷静で、しかも剣の腕が立つ。マリウスを守りながら、自分も守れた。それに、マリウスの代理としてわが国の重臣たちと交渉に当たるだけの知略にも優れていた。だから陛下は彼をマリウスにつけたのよ」

「なんてこと……」

ミレイアはぞっと身を震わせた。エイドリックはライナルト国でマリウスと一緒にずっと命の危険に晒されていたのだ。ヘタをすれば留学先で帰らぬ人となる可能性だってあった。あんな別れ方をしたまま、永遠に会えないかもしれなかったのだ。

ミレイアの悲痛な表情を見てセレスティアは不意に苦笑する。

「そしてここからはわが国の恥を晒さなければならないのだけれど、国の中枢にギルドラン伯爵と通じている者がいてね。そいつが子飼いの貴族に命じてマリウスを襲わせていたのよ。まったく、戦争でもしたいのかしら？」

セレスティアは何でもないことのように笑うが、万が一マリウスの殺害に成功していたら、その可能性がないわけではなかった。留学中のマリウスの安全はライナルト国の責任だ。それなのに暗殺を許しただけでなく、それを命じたのがライナルト国の貴族と分かれば、この国とライナルト国の友好関係は確実に破綻《はたん》する。責任のなすりつけ合いや言い争いが起きて、戦争にまで発展していたかもしれないのだ。

「幸い、マリウスの命は無事だったし、ライナルト《故国》を離れる直前にはギルドラン伯爵と通じていた貴族の身柄を押さえることができた。でもね、わが国の方の問題は終わっても、何一つ解決はしていないの。元を断たねば意味はない。だから私はマリウスたちに協力するためにここまできたのよ。婚約のためなんかじゃないの」

そう告げるセレスティアは毅然《きぜん》としていて、とても美しかった。ミレイアは彼女のその強さを羨ましく思う一方で、何も知らされず、ただ守られるだけの自分を情けなく感じた。

再びお茶のカップを持ち上げたセレスティアは、そのカップの中身がすっかり冷めていることに気づいた。

「あら、ずいぶん長く話し込んでしまったようね。私の話はこれくらいかしら。長い間付き合わせてごめんなさいね、ミレイア」

ミレイアは首を横に振った。

「いいえ。セレスティア様、とても感謝しています。あなたが言ってくださらなかったら、きっと私はずっと知らないままでした」

　エイドリックはこのことをミレイアに告げる気はなかった。それはミレイアの気持ちを慮《おもんぱか》ったため。アルデバルト侯爵たちのことを告げなかった時と同様に、彼女にいらぬ心配をかけさせないためだ。そうやって彼はずっとミレイアを守ってくれた。

　――ずっとずっと守られていた。大切に思われていた。それが分かっただけでもう十分だ。

　セレスティアがテーブルの上にある侍女を呼ぶための鈴を手に取ろうとして、何かを思い出したように言った。

「ねえ、ミレイア。最後に一つ尋ねるけど、あなたは大舞踏会でマリウスからある選択を突きつけられたわよね？」

「……はい」

　ミレイアは頷いた。マリウスから突きつけられた選択。それは、エイドリックから逃げるか、そのまま留まるかの選択だった。

「これは純粋な興味から尋ねるのだけど、あなたはどちらを選ぶか決めたの？」

「――はい」

　ミレイアは目を伏せながら答えた。エイドリックの傍にいるか、彼から離れるか。ずっと決断できなかった。離れなければいけないことが分かっていながら、彼の傍に居たいがために現実から目を塞いでいた。……けれど、セレスティアの話を聞いて、ミレイアはようやく決心がついたのだ。大切に思われていた。あの遠い日々の絆がなくなったわけではなかった。それが分かっただけで、もう十分だ。

彼女は顔を上げてはっきり告げた。

「エイドリック兄様から離れようと思います」

「……え？」

セレスティアが目を見開いた。彼女はミレイアがまったく逆の選択をすると思っていたのだろう。

「ちょっと、なぜよ？」

その詰問するような言い方に、ミレイアは痛々しい笑みを浮かべた。

「私は男爵令嬢で、侯爵家の跡取りの兄様とは釣り合いません。私では駄目なんです。私の存在はエイドリック兄様の妨げにしかなりませんから」

昔のように兄と妹のような関係だったら、まだ傍にいられたかもしれない。けれど、その関係はエイドリックに破壊され、今の自分たちは男と女の関係だ。けれど、男と女になったからこそ、いつかエイドリックが彼にふさわしい相手と結婚する時に必ずミレイアの存在は邪魔になる。でもきっとエイドリックはミレイアを見捨てられない。今までのように守ろうとするだろう。それでは彼の未来を阻害することになってしまう。だからこそ、彼女は自分から今ここで離れなければならないのだ。自分のためではなく、彼のために。

そう告げると、セレスティアはなぜか額に手を当てていた。

「ちょっとあの人、自信満々に言っておいて。どうするのよ、これ！」

そう呟いたセレスティアは苦々しい表情でため息をついた。

「仕方ない。マリウスじゃないけど、ちょっと口を出させてもらうわ。ねぇ、ミレイア」

「はい？」

「確かにあなたとエイドリックの間には身分の差があるわ。それは純然たる事実よ。でもあなたは卑屈になるあまり、彼の気持ちが全然見えていないのね」

「彼の気持ち……？」

ミレイアは目を瞬いた。

「これはマリウスから聞いた話だけど……。二年前エイドリックは、マリウスに仕える条件として男爵令嬢であるあなたとの結婚を認めることを挙げたそうよ？」

「え……？」

ミレイアの心臓が一瞬止まって、次にドクンと大きく脈打った。

「ずっと前にあなたと結婚の約束をして、あなたが大人になるのを待っていたのだと彼は言ったんですって。何か覚えがあるのではなくて？」

ミレイアの脳裏に過去の情景が浮かぶ。

『私、エイドリック兄様のお嫁さんになりたい。そうすればずっと一緒にいられるでしょう？』

『もっと大人になったらね、ミレイア。そうしたら僕のところにお嫁においで』

無邪気に告げる自分と、笑いを含んだ彼の声が耳を通り過ぎていく。

——まさか、あの約束を……？

「エイドリック兄様……」

ミレイアの唇がわななき、目に涙がにじんだ。そんな彼女をセレスティアは青い宝石のような目で見つめ、どこか責めるような口調で言った。

「あなたは身分の差があるからとエイドリックから離れることばかり考えている。どうして彼の傍にいるためにそれに立ち向かおうとしないの？」

「立ち向かう……？」

「身分の差があってそれが障害になることはあなた以上に、いいえ、誰よりもエイドリックは分かっているわよ。長らく社交界に出入りしているんですもの。でも彼はそれでも立ち向かおうとしているわ。障害になるものを取り除こうと動いている。でもあなたは何かしたかしら？　楽な方に逃げているだけではないの？」

その言葉はミレイアにまるで鞭で打たれたような衝撃を与えた。

——私は……。

「ミレイア。卑屈になるあまり、肝心なものを見誤っては駄目よ」

「私……」

セレスティアが言う、肝心なもの。それはおそらくエイドリックの気持ちだ。それに思い至った瞬間、ミレイアの頬を大粒の涙が流れていった。

ミレイアはずっと自分に向ける彼の気持ちが分からなかった。彼が何を思って何を考えてミレイアの純潔を奪ったのか。彼にとって自分は何なのか――それが分からなくて、見えなくて苦しんできた。

でもそれは違う。分からなかったのはミレイア自身が見ようとしなかったからだ。彼の気持ちを。彼の目はいつだってミレイアに向けられていたのに。

……そう、彼はいつだってミレイアの傍にいて、彼女を守り慈しんでくれた。それをミレイアは兄と妹という関係に固執するあまりいつの間にか見失っていたのだ。エイドリックは子供の頃の約束を覚えていて、その約束どおり彼女を花嫁に迎えるつもりでいてくれたのに。大人になるのを待ってくれていたのに。

ミレイアは多感な時期に悪意ある言葉で傷つき、劣等感を植え付けられ、その卑屈さから、エイドリックの傍にいるためには兄と妹という関係に限定するしかないと思い込み、いつしかその関係に逃げ込んでいた。それが彼女にとって楽な方法だったからだ。エイドリックはそんな彼女の心を慮って兄と妹の関係を崩さないでいてくれた。なのにミレイアは自分で定めたその兄と妹の関係が辛くなって勝手に逃げようとした。だからエイドリックは彼女の固執していた兄と妹という枠を壊して、彼女の純潔を奪ったのだ。自分に繋ぎ止めるために。

けれど兄と妹という関係にこだわっていたミレイアは彼の気持ちを見失ったまま、今度もまた、勝手に離れることを選択しようとしていた。

——ああ、自分は何て子供だったのだろう。彼にふさわしくないのは身分じゃない、卑屈な自分自身の心だったのだ。

涙をポロポロと流すミレイアに、セレスティアは言った。

「ねぇ、ミレイア。あなたはいつまで子供のまま彼に守られているつもりなの?」

それはとても優しい口調だった。大人になることを促す、優しい声だった。

「セレスティア様……」

ミレイアは手で涙を拭うと、椅子から立ち上がった。

「私、兄様の……エイドリックのところに行きます」

もう兄様とは呼ばない。彼は『兄』ではなくて、ミレイアの最愛の男性なのだから。

「そう」

セレスティアは微笑んでテーブルの上の鈴を振った。人気《ひとけ》のない中庭に鈴の音が鳴り響く。

「エイドリックはマリウスの執務室にいるわ。案内させるから、あの子について行きなさい」

すると、ミレイアを控えの間まで案内してくれた侍女が現れた。

「アルデバルト侯爵夫妻には、あなたは少し遅れると連絡しておくわ」

「セレスティア様……ありがとうございます」

ミレイアは深々と頭を下げた。なんて素敵な女性なんだろう。嫉妬や羨みではなく、純粋な憧れがミレイアの胸に湧き上がる。彼女のようになりたい。エイドリックの傍にいるために、彼女のように強くなりたい。そう思った。

ミレイアはもう一度セレスティアに頭を下げると、侍女に案内されてその場を後にする。その彼女の背中にセレスティアの声がかかった。

「自信を持ちなさい。あなたが考えているよりエイドリックはあなたを思っているわ。むしろ失って生きていけないのは、あなたではなくて……」

距離が離れていたせいか、その先の言葉はよく聞き取れなかった。けれど、ミレイアの背中を押してくれようとしているのは分かる。ミレイアは振り返り、花に囲まれたテーブルに一人座っているセレスティアに大きく頷いてから、中庭を後にした。


侍女の後に続き、長い廊下を進みながら、ミレイアはエイドリックに何を言おうか、どう告げようかと一生懸命考えていた。だから廊下を曲がった際、数人の兵士とすれ違った時、最初は気にも留めなかった。城の中に兵士がいて歩いていてもそれは普通の光景だったからだ。ところが何歩か足を進めた後、なぜか急に気になって後ろを振り返る。兵士たちは廊下を曲がってミレイアが歩いてきた方向にその姿を消した。ミレイアはそれに腑に落ちないものを感じながらも案内の侍女が少し先を行っていたので、遅れまいと再び前を向いて歩き出す。けれどしばらくすると何かが心に引っかかって足を止めた。

彼らはあの先に何の用があるのだろうか？　あの廊下の先には中庭しかないはずだ。あそこには今セレスティアしかいない。彼女がミレイアと話をするために人払いをしていたからだ。侍女はすぐ近くで待機していたかもしれないが、その彼女は今ミレイアを案内していて……。

嫌な予感が胸を過った。兵士が中庭に何の用があるというのだろう？　マリウスに呼ばれたから？　だが、セレスティアを迎えに行くのであれば、兵士が行く必要はない。侍従や侍女がいくらでもいるのだから。

そこまで考えた時に急にひらめくものがあって、心臓がどくんと大きく音を立てた。

「まさか――！」

ミレイアは踵を返して元の道を走り出した。城の廊下を走るなどはしたない行為だが、今はそんなことに構っていられなかった。

「え？　ミ、ミレイア様!?」

ミレイアに気づいた侍女が戸惑いの声を上げる。けれどミレイアは彼女に悠長に説明している暇はなかった。一刻も早くと、心が急いていた。

来た道を曲がって廊下をまっすぐ突き進む。その一本道にあの兵士たちの姿はない。あ、どうか間に合って……！

廊下の突き当たりの扉を開けて、中庭に飛び出す。セレスティアがいたテーブルの方に足を向けたミレイアは、そこで二人の兵士に囲まれて腕を掴まれているセレスティアの姿を見つけ、声を出した。

「セレスティア様……！」

「ミレイア!?」

兵士とセレスティアが同時にミレイアに気づく。男たちが慌てる。

「まずいぞ、見られた！」

「あなた方は何を……！」

ミレイアはセレスティアを助けようと、思わず彼女の方に飛び出していた。そこにセレスティアの声がかかる。

「ミレイア、逃げなさい！　私のことはいいから！　そしてマリウスに！」

ミレイアはハッとして足を止めた。そうだ、人、人を呼ばなければ！

「誰か、誰か来て……！」

けれど、声を張り上げた瞬間、セレスティアを拘束しようとしていた男たちとは別の男がミレイアを羽交い絞めにして口を塞いだ。セレスティアだけに意識を集中していたため、その男は目に入らなかったのだ。

「……んんっ！」

「ミレイア！」

「ちっ。仕方ない、想定外だが、この女も連れて行くぞ。現場を見られたし、放置しておくわけにはいかない。殺すことで第二王子に異変を悟られても困るしな。しかるべき時まで知られないように行動しろという厳命だ」

ミレイアを拘束した男が舌打ちをしながら言った。どうやら彼がこの連中のリーダーのようだった。ミレイアは男から逃れようと、懸命にもがく。けれど、男の腕は鋼のようで、まるで歯が立たない。せめて声をと思って口を塞いだ手を引き剝がそうとするが、男の手が緩むことはなかった。

「ちっ、大人しくしろ！」

男は再び舌打ちする。その直後、みぞおちに衝撃を受けて、ミレイアは痛みと衝撃に息が詰まり、目の前が霞《かす》むのを感じた。

「ミレイア――！」

セレスティアの焦ったような声を聞きながら、ミレイアは意識を手放していった。

＊＊＊

「申し上げます！　やつらが動き始めました！」

その一報がもたらされた時、エイドリックはマリウスの執務室にいた。ひそかにマリウスがセレスティアにつけていた護衛が部屋に飛び込んできてそう告げる。書類に埋もれていたエイドリックとマリウスは顔を見合わせ、椅子から立ち上がった。

「ようやく獲物がかかったね」

マリウスがうっすらと笑みを浮かべる。彼らはずっとこれを待っていたのだ。焦りに耐えきれなくなったギルドラン伯爵が直接動き出すこの時を。

「ギルドラン伯爵邸を見張っていた兵たちに連絡を」

執務室にいた別の兵にマリウスは命じると、今度は誘拐の一報をもたらした兵に言った。

「お前は陛下に報告を頼む」

けれど、兵はその言葉に動かず、マリウスとエイドリックの顔を交互に窺いながら、言いにくそうに告げた。

「それが、その、想定外のことが起こりまして……ミレイア様が巻き込まれて一緒に……」

「ミレイアが!?」

エイドリックは目を見開く。

「なぜ、ミレイアが城に……」

言いかけて、ハッとしたようにマリウスの方を振り返る。

「ミレイアを城に呼んだのは、あなたですね、殿下」

刺すような視線を向けられて、マリウスはバツが悪そうに肩をすくめた。

「すまない。セレスティアがミレイアとどうしても話をしたいって言うんで、君に内緒で連れてきてもらったんだ。セレスティアが一人の時を狙うだろうから、まさか彼女がいる間に出てきて巻き込まれるとは夢にも思わなくて……すまない」

「……っ、ミレイアに何かあったら、あなたといえども許しません！」

エイドリックは盛大に舌打ちしてそう言い捨てると、戸口にいた兵を押しのけて部屋を飛び出していった。青ざめ、焦燥感を隠そうともしないその様子は、いつも柔和で何があっても冷静な彼とはまるで違っていた。二年間近くにいて初めて見るその姿に、マリウスをはじめ部屋にいた者や兵士たちはしばらく唖然としていたが、やがて我に返って動き始めた。今は一刻の猶予もないのだ。

「兄上の動向は？　……ああ、そう、やっぱり『彼』に呼び出されたか」

次から次へともたらされる報告を受けながら方々に指示を飛ばすマリウスは、最後に執務室をたまたま訪れて一連のことを全て見ていた人物に声をかけた。

「さて、僕も行ってくるよ、ラファイエット公爵。後を頼む」

「はい。ご武運を、殿下」

老人は恭しくマリウスに頭を垂れる。彼らは祖父と孫という間柄だったが、二人の間に血縁故の親しさや気安さはない。あくまで彼らは王子と臣下として相対していた。それが王族というものだと、いうことを二人とも理解していた。

「ああ。こうなって残念だけど、きっちり全てにケリをつけてくるよ」

マリウスは物憂げに告げて、静かに部屋を出て行った。

第六章　大人になる時

「……レイア、ミレイア、しっかりして！」

呼びかける声に応えるように意識が浮上していく。ミレイアが薄目を開けると、すぐ目の前にセレスティアの顔があった。ミレイアの顔を覗き込んでいたセレスティアは彼女と目が合うと、ホッとしたような笑みを浮かべた。

「良かったわ、ミレイア。意識が戻って」

「セレスティア……様……？」

意識がぼんやりと霞がかかったかのようにはっきりしない。ミレイアはなぜセレスティアに顔を覗き込まれているのか不思議に思いながら身を起こした。何が起こって自分は横たわっていたのだろうか。けれどみぞおちに走った鈍い痛みに全てを思い出した。

慌てて周囲を見回す。そこは大きくはないが、白と金色を基調としたとても豪華な部屋だった。ミレイアが寝かされていたベッドも、置いてある調度品も一見してとても手の込んだものだと分かる。けれど、窓はなく、四方を壁で囲まれた奇妙な部屋だった。気を失う直前までいた城の中だとは到底思えない。

「セレスティア様、私たちは……」

「中庭で男たちによって拉致されたの。あなたが殴られて気を失った直後、私も薬を嗅がされて意識を失ったからどこに連れてこられたかは分からないけれど……」

では、ここがどこだかセレスティアも分からないのだ。ミレイアは部屋にある唯一の扉に視線を向ける。その視線に気づいたセレスティアが首を横に振った。

「外から鍵をかけられていて、開かないわ」

「そうですか……」

では二人はここに閉じ込められているのだ。ミレイアは心細さと恐怖に小さく震えた。けれど、それを懸命に押し隠す。心の中はどうだか分からないが、セレスティアはとても冷静に見えた。自分が取り乱すことで彼女の負担になることだけは避けなくては。

セレスティアは小さく笑った。

「でもよかったわ。目が覚めて、ミレイアと別々の場所に引き離されていた、なんてことになってなくて」

「あ……」

そうだ。その可能性もあったのだ。彼らの目的は明らかにセレスティアだった。彼らは現場に居合わせたミレイアを放置しておくわけにはいかなくて一緒に連れてきたものの、本来であればミレイアは必要のない人間だ。どこかとんでもない場所に捨て置かれたり、別の部屋に閉じ込められていたかもしれないのだ。一緒の場所で目覚めることができたのは不幸中の幸いだ。

セレスティアは不意に申し訳ない顔になって言った。

「ごめんなさい、ミレイア。私のせいでこんなことに巻き込んでしまって。後でエイドリックにも怒られそうだわ」

「セレスティア様のせいじゃありません」

ミレイアは首を横に振った。彼女だって被害者だ。それにミレイアと話をするために人払いさえしなければきっと拉致なんて起こらなかった。

「悪いのはこのようなことを企んだ人です」

それが誰かミレイアには心当たりがあった。二年前に誘拐されそうになった時と同じだ。そしておそらく聡明なセレスティアも気づいている。このようなことを企み、実行に移すだけの力がある人間は限られている。

――ギルドラン伯爵。きっと彼が背後にいるに違いない。ミレイアの時と同じで、マリウスに対する人質にするためにセレスティアを攫ったのだろう。

ミレイアはセレスティアの手を取って、なるべく明るく言った。

「でも大丈夫です、セレスティア様。私を案内するはずだった侍女がすぐに私たちがいないことに気づいてマリウス殿下に知らせたはずですから」

彼女を途中で置いてきてしまったが、きっとあの後、ミレイアを追って中庭に戻っただろう。彼女たちがいなくなったことを知ったエイドリックたちは同じようにギルドラン伯爵に目を向けるに違いない。だから、大丈夫。きっと来てくれる。そう思って励ますように笑うミレイアの手をセレスティアはぎゅっと力を込めて握り返した。

「ありがとう、ミレイア。私を気遣ってくれているのね。でも大丈夫。こうなることはある程度予想していたから、覚悟もできているわ。それにね」

急に彼女はその青い目に不敵な笑みを浮かべた。

「私たちはコレを待っていたの。あの男が直接出て動きだすこの時を」

「え？　それは」

どういうこと？　そう続けようとしたミレイアの言葉は途切れた。ドアの外に人の気配がしたからだ。二人は顔を見合わせ、ベッドから急いで降りる。ミレイアの足が床についたと同時に、扉の鍵が回される音が部屋に響いた。二人は身を寄せ合いながら、扉を睨みつける。これからここに入ってくる人間は間違いなく敵だと分かっていた。

閉じられていた扉がぎぃと音を立てて開き、一人の男が入ってきた。

その人物を見てミレイアは息を呑んだ。

「ご機嫌はいかがですかな、お二方」

部屋にたたずむ二人に男が目を細めて笑う。それは予想に違わず大舞踏会の時に一度だけ見たギルドラン伯爵だった。けれど、あの時とはだいぶ様子が違っていた。元々痩身だったが、今は頬の肉が削げて面差しがまるで変わっている。白髪が増え、実際の年齢より年を取っているように見える。あの時の堂々とした余裕のある態度も消え、そこにいたのはギラギラと異様に輝く目を持った初老の男だった。

ミレイアはその目を見てゾッと身を震わせた。昏い光を宿す目には見覚えがあった。あの社交界デビューの日、舞踏会のホールから出て行く時にマリウスやセレスティアに向けた目と同じだ。

「ギルドラン伯爵、これはどういうことですの？」

セレスティアはギルドラン伯爵に刺すような視線を向けて言った。

「お願いがあって、姫を我が屋敷にご招待申し上げたのですよ」

そう言ってギルドラン伯爵は何が面白いのかくっくっと笑った。セレスティアは顔をしかめる。

「変わった招待の仕方ですこと。しかもミレイアまで巻き込んで」

「彼女のことは偶然です。けれど、私にとってとても幸運な偶然でした。おかげで有効なカードがもう一枚手に入りました」

有効なカード。つまり切り札だ。ミレイアがエイドリックに多大な影響を与える存在であることは、もう王都中に広まっていた。社交界デビューしたにもかかわらず、エイドリックはミレイア宛ての招待を全て断り、表に出すつもりはないと態度で示していたからだ。ギルドラン伯爵はミレイアに目を向けてにやりと笑う。

「そう、私は幸運だ。彼女を押さえておけば、目障りだったアルデバルト侯爵家に一矢報いることができるのだから」

ミレイアは拳をぎゅっと握り、ギルドラン伯爵を睨みつけた。エイドリックを脅すための人質など冗談じゃない。彼の足枷になるくらいなら、自分から命を絶った方がましだ。

「だが、今はアルデバルト侯爵家より、こちらの問題を片づける方が先だ」

ギルドラン伯爵はセレスティアに視線を戻すと、にこやかな笑みを浮かべた。けれどそれが見せかけであることは、彼のぎらついた目に表れていた。

「姫にこうして来ていただいたのは、お願いがあってのことなのです。手荒な真似をする気はありません」

セレスティアはフンと鼻で笑った。

「無理やり連れて来たくせに、手荒な真似をする気がないなどとよく言いますこと。世迷言は結構です。さっさと目的を仰いなさいな」

「これは手厳しい。姫は私が思っていた以上に気が強いようですな。でもそれだからこそ王太子妃にふさわしい」

ギルドラン伯爵はくっくっと笑うと、顔を上げてセレスティアに笑みを向けて驚くべきことを言った。

「では私も単刀直入に言いましょう。お願いというのは、姫にマリウス殿下ではなくて、私の王子——ウィレム殿下を夫として選んでいただきたいのです」

「……なっ」

ミレイアは耳を疑った。ギルドラン伯爵がセレスティアを攫ったのは、マリウスに対する人質にするためだと思っていたのだ。だから彼女の身柄を盾に、マリウスに無理難題を――例えば王太子の座を退けと言うのだろうとばかり思っていた。けれど、ギルドラン伯爵の思惑は別のところにあったのだ。

「マリウス殿下が王太子になれたのも、あなたと婚約したからです。だから、あなたを手に入れれば、手に入れさえすれば、私の殿下が王太子に――次の国王になれるのですよ」

「何をバカな……」

ミレイアは彼の言っていることが理解できなかった。マリウスが王太子になれたのはセレスティアと婚約したから？　だからセレスティアと結婚すれば今度はウィレムが王太子になれると？　いったい何を根拠にそんなことを……。

「陛下は、ウィレム殿下がふさわしい相手を伴侶にしたら王太子の件を再考してくださると仰った。ふさわしい伴侶、それは陛下自身が王子妃にふさわしいと認めたあなた以上に適任はおりません。どうかマリウス殿下ではなくて、私の殿下を選んでいただきたいのです」

微笑みながらそう告げるギルドラン伯爵の目には、やはりあの昏い炎が瞬いていた。

確かに国王はウィレムが女性問題を起こすことなくふさわしい相手を伴侶に選んだら王太子のことを再考すると言った。けれど、それを先に言い出したのはギルドラン伯爵だ。

国王はその場を収めるためにそう言ったに過ぎない。国王自身はすでにマリウスを王太子にと定めているのだ。婚約を機にマリウスの立太子を発表したし、確かにセレスティアを褒めそやしていたが、彼女と婚約したからマリウスを王太子にしたなどとは一言も言っていない。それどころか、あの場で『王としての資質を見極めた上で決定した』ことだとはっきり告げている。この人はそれを覚えていないのだろうか？　女性問題を起こすウィレムは王にふさわしくないと暗に言われたことも？　……いや、たぶん認められないのだろう。

「陛下が選んだのは、マリウス殿下よ？　あなたは私がウィレム殿下と結婚すれば本当に彼が王太子に選ばれると思っているの？　全てを覆せると？」

　セレスティアが冷笑する。けれど、ギルドラン伯爵は大真面目な顔で頷いた。

「もちろんですとも。私の殿下がマリウス殿下に劣るわけはない。マリウス殿下が留学している間、私の殿下は朝議にも参加し、政治的にも実績を作ってきた。より王にふさわしいのはウィレム殿下です。その殿下を差し置いて政治の経験がないマリウス殿下が王太子になれたのは、あなたの存在があったからです」

「朝議に参加？　実績？　ウィレム殿下はあなたの都合のいいことしか言わなかったそうじゃないの。呆れた貴族も多いと聞くわ」

「それは誤解ですよ、姫。私は助言したまで。それに、ウィレム殿下の手腕に感心したという貴族もたくさんいるのですよ」

「うまい話にありつけると思ったハイエナたちがね。あなたは本気でウィレム殿下が次の王にふさわしいと思っているの？」

「もちろんですとも」

ギルドラン伯爵は即答した。そこに迷いはなかった。

「殿下は第一王子で長子ですよ？　王になるのが当然の立場です。にもかかわらず、陛下も王妃陛下もマリウス殿下を贔屓《ひいき》してウィレム殿下を蔑《ないがし》ろにしている。けれど、そんな逆境の中、殿下は今まで王太子になるために散々努力をしてこられた。あんなへらへら笑っているだけのマリウス殿下に劣るはずはない！　マリウス殿下ではなく、私の殿下が王になるべきなのです。そしてそのために、姫、あなたが必要なのです。王太子妃にふさわしいあなたが！」

熱のこもった口調で話すギルドラン伯爵の目にちらちらと狂気の光が浮かんでいるのを見てミレイアはゾッとした。

「狂ってる……」

思わず小さな声で呟くと、セレスティアも頷いた。

「ええ、権力にね。何が何でもウィレム殿下を王にするという妄執に駆られている」

ギルドラン伯爵はエイドリックの父親であるアルデバルト侯爵率いる審議調査会によって次々と子飼いの貴族を潰されていった。更に財務省に蔓延していた汚職を次々に摘発されて、責任を取って大臣の地位を解任された。それどころか、いつ自分に捕縛の手が伸びるか分からない身だ。まさに処刑台にあがっている気分だろう。追い詰められた彼が、そこから逃れて再び返り咲くには……いや、更なる権力を握るには、ウィレムを王にするしかないのだ。だから何が何でもウィレムを王太子にしようとしている。

「本気でウィレム殿下の方が王にふさわしいと思っているのなら、あなたはそれだけの頭しかないということよ。ウィレム殿下は王にふさわしくないわ。それなのになぜ私があの最低男を選ばなければならないの？　お断りするわ」

セレスティアはギルドラン伯爵に冷たく告げた。けれど、その拒絶を聞いてもギルドラン伯爵は動じることなく、微笑んでみせた。ミレイアは嫌な予感に襲われた。

「それは困りましたな。どうあっても姫にはウィレム殿下の伴侶となっていただかないと」

そうギルドラン伯爵が言った時だった。扉の外で音がした。誰かが足音高くこちらに向かっている。それも複数だ。一瞬助けかも、と期待したミレイアは、足音が扉の前で止み、「こちらでございます」という使用人らしき声が聞こえて、そうではないことを悟って落胆した。

「ユーリス！」

いきなり扉が開いて、勢いよく誰かが部屋に入ってくる。その人物を見てミレイアは仰天した。それはウィレムだった。

「お前が私を呼び出すなどとは珍しい――」

彼は扉の近くにいたギルドラン伯爵に近寄りながら言ったが、途中でミレイアとセレスティアの姿に気づいて足を止めた。怪訝そうに眉を顰める。

「セレスティア姫と、サーステン子爵の……。なぜお前たちがここにいる？」

「私がご招待したのです。殿下」

ギルドラン伯爵がにこにこと笑顔でウィレムに言った。セレスティアが鼻で笑う。

「ご招待？　拉致したくせによく言うわね」

「拉致だと？　どういうことだ、ユーリス？」

仰天するウィレムの姿にミレイアはホッと息をつく。少なくともギルドラン伯爵よりもウィレム本人の方がまだまともそうに見えた。彼は明らかに二人を拉致してきたことに狼狽えている。ところが、ギルドラン伯爵は何でもないことのように笑顔のまま告げた。

「あなたのためです、殿下。それに、拉致などと、人聞きの悪いことを。少々強引にお連れしましたが、傷一つつけておりません。もちろん、無事に城にお返しすることを誓いますとも」

「本当か、ユーリス」

「ええ、私があなたに嘘を言ったことがありますか？」

ミレイアはその会話を薄気味悪い思いで聞いていた。そのような言い分がまかり通るとでも思っているのだろうか。けれど、ウィレムはギルドラン伯爵の言うことをそのまま受け入れたようだ。ホッとしたような顔になって頷く。

「そうか、お前がそう言うのなら」

ミレイアは絶句した。隣のセレスティアも更に冷ややかな目を二人の男に向けている。

「それよりも、殿下。このセレスティア姫を手に入れれば、貴方は必ずや王太子になれますぞ」

「王太子に？」

ウィレムは眉を顰める。ギルドラン伯爵は力強く頷いた。

「ええ。マリウス殿下がウィレム殿下を差し置いて王太子になれたのも、友好国の王女で美姫と名高いセレスティア姫と婚約したからです。ですから、ウィレム殿下が姫を手に入れさえすれば、王太子の座は殿下のものになるのです！」

「ユーリス……」

ウィレムは驚き、ギルドラン伯爵の顔をまじまじと見つめた。

「ユーリス、お前正気か？」

さすがのウィレムもギルドラン伯爵の論理がおかしいと思ったようだ。セレスティアに王位継承権があるのならともかく、彼女の夫になれば玉座が転がり込んでくると思う方がどうかしている。けれど、ギルドラン伯爵は本気でそう思い込んでいた。じわじわと追い詰められ後がない状況で冷静な判断力を失っていた。彼を支えているのは、もはや権力への執念と自分に都合のいい思い込みだけだ。

「もちろん、正気です。陛下も仰ったではありませんか。殿下がふさわしい伴侶を得たら王太子のことは再考すると。今この国にいる女性の中で、姫ほどふさわしい相手がおりましょうか？」

それは先ほどギルドラン伯爵がミレイアたちに告げて、あり得ないと一蹴された説明と同じだった。やはり彼は本気でそう信じ込んでいるのだ。

「ユーリス……」

ウィレムは絶句した。他人の婚約者を奪う。これがただの貴族同士の話だったら醜聞か家同士の問題で済んだかもしれない。だが、セレスティアは他国の王女だ。そのようなことになったら国と国との大問題になってしまう。それが分からない伯爵ではないだろうに、やはりとうに正気を失っているのか……。

「そのために姫にこちらにご足労いただいたのです、殿下。殿下は王になるのです。そして他の連中を見返してやりましょう。他のことは万事このユーリスにお任せください」

熱弁をふるうギルドラン伯爵の言葉を遮るようにセレスティアが口を挟んだ。

「私は断ったはずよ、伯爵。私はマリウスの婚約者です。ウィレム殿下を選ぶつもりはありません」

その言葉にぴくっと反応したのはウィレムの方だった。

「姫、私を選ばないのは、私の母の血筋が劣るからか？　だから、私がマリウスに劣るとでも？」

「誰も血筋のことなど言っていないわ」

けれどその言葉は耳には入っていないようで、ウィレムは眉を吊り上げて吐き捨てた。

「誰もが、マリウス、マリウスと！　父も王妃も、私ではなくあいつを選ぶ！　私のどこがあいつに劣る？　ただ母親の血筋が高貴かどうかだけで、同じ父上の子だというのに！　皆があいつを褒めそやし、私を母の身分だけで見てバカにする！」

「本当にそれだけだと思っているの？　何もわかっていないわね」

「黙れ！」

怒りを露わにするウィレムの肩に手を置いてギルドラン伯爵が耳打ちする。

「私は違います、殿下。大丈夫。私はいつだってあなたのお傍におります。他の誰があなたを見捨てようとも、私だけはあなたの味方です。他の者の言葉など耳を貸す必要はありません。誰が何と言おうと、あなたはこの国の第一王子。王になるべきお方です」

それはなだめるような口調であったが、ミレイアの耳にはそうは聞こえなかった。

「ユーリス……ああ、お前だけだ、そう言ってくれるのは」

ウィレムはホッとしたような、そしてどこか嬉しそうな表情で言った。その様子はまるで子供が親に褒められたかのようだった。けれどミレイアは違和感を覚えずにはいられなかった。何かが違うと思った。

「あなたはマリウス殿下に劣ってなどおりません。そんなことを言うのは口さがない連中だけです。そんな輩はあなたが王太子についたあかつきに即刻排除いたしましょう。このユーリスにお任せください」

「ああ。頼む」

彼の全てを肯定する。それはウィレムにとってさぞ心地よい言葉に聞こえただろう。伯爵に頼って甘えて、何も考えずにゆだねていればいい。それは安心できて居心地のいい場所に違いない。ずっと浸っていたいくらいに。

ミレイアには分かる。かつて彼女にとってエイドリックの腕の中がそうだったからだ。

……でもそれは本当にウィレム本人のためになっているのだろうか？

ミレイアの胸の奥から何か不快なものがせり上がってくる。そしてそれはあっという間に大きくなっていった。

「そのために王太子になる必要があるのです、ウィレム殿下。さぁ、姫の手を取ってください。今すぐ彼女を我がものとするのです。そしてそのことを示せば、陛下とてウィレム殿下と姫の結婚を認めないわけにはいかなくなる」

「なっ……！」

ミレイアは仰天した。ギルドラン伯爵がなぜこんな場所にセレスティアを拉致して、そこにウィレムを呼んだのか分かった。ウィレムを受け入れるはずのないセレスティアの身体を彼に無理やり奪わせて、結婚をごり押ししようとしているのだ！

「そ、それは……」

さすがのウィレムも怯んだ。そんなことがまかり通るわけがないとさすがに分かるらしい。けれど、ウィレムの動かし方をギルドラン伯爵はよく知っていた。笑みを浮かべてそそのかすように彼に言う。

「王にふさわしいのはウィレム殿下、貴方です。姫は間違った方と結婚しようとなさっておられる。そんな姫を救えるのは殿下だけですよ。マリウス殿下から奪うのではなくて、助けるのです。憎い彼から婚約者を救い出し、王太子の座まで手に入れられるのですよ。躊躇する必要はありません。全てこのユーリスにお任せください。決して殿下の悪いようにはいたしません。今までずっとそうだったでしょう？」

「そ、それは……」

「王位につけば、あなたの母親の身分が低いからと侮るやつらを見返すことができる。マリウス殿下や、あなたを蔑ろにしてきた陛下や王妃に一矢報いることができるのです」

「……」

ウィレムは俯きじっと床を見つめていた。そこに思い浮かぶのは何の思いか。そんな彼にギルドラン伯爵は更に優しく囁いた。

「さぁ、私の殿下。姫を手に入れるのです。玉座が待っておりますよ――」

ウィレムは顔を上げて、その言葉に背中を押されるようにセレスティアとミレイアの方に一歩踏み出した。

「馬鹿で愚かな男ね」

セレスティアは近づいてくるウィレムをじっと見据えながら冷たい声で呟く。ミレイアは湧き上がってくる感情に握り締めた両手を震わせていた。ウィレムが二人に近づき、目の前に立つ。その顔に表情はない。セレスティアを見つめる彼の目は暗く沈み、今日最初に会った時に見せた情欲は影も形もなかった。

「姫――」

ウィレムがセレスティアに手を伸ばす。それを見た瞬間、ミレイアは動いていた。とっさに前に躍り出て、二人の間に入り込みセレスティアを背にかばった。

「ミレイア!?」

「邪魔するな」

ミレイアの身体をどかそうと肩に伸びたウィレムの手を、ミレイアは手で払う。

「何!?」

おそらく女性にそんなことをされたことがないのだろう。ウィレムはびっくりして払われた手を見つめる。そんな彼の目を睨みつけるように見上げながらミレイアははっきり告げた。

「あなたは間違っています、ウィレム殿下。セレスティア様を得てもあなたは王にはなれません」

「何だと?」

「ギルドラン伯爵に依存し、自分の言葉を持たないあなたには王になる資格はありません」

不思議と怖くはなかった。胸の中に渦巻く怒りにも似た激情と高揚感が彼女の中の恐怖を麻痺させていた。

　ミレイアがウィレムの言動から感じられるのは、母親の身分が低いことへの劣等感と卑屈さ。それにギルドラン伯爵に対する強い依存だった。ここに至るまで、彼は自分の意見は何一つ言っていない。ただ伯爵にそそのかされ、彼の言うとおりにしているだけだ。逆らうこともしない。諫めることもない。そこに主体性はみじんも感じられなかった。彼はただ、ギルドラン伯爵の意見をなぞっているだけ。どちらが主でどちらが従か問われれば、ギルドラン伯爵が主と言えるだろう。けれど、本人だけがそれに気づいていない。卑屈な心がそれを見えなくしているのだ。

　――そして、それはあなたも同じでしょう？

　そう頭の中で囁く声が聞こえた。その瞬間、どうしてこれほど、ウィレムのことが不快に思えるのか、どうしてこれほどの怒りを覚えるのか理解できた。

　彼はミレイアと同じなのだ。身分が低いことへの劣等感と卑屈な態度。自分で何一つ深く考えようとしないで依存する相手の意見を受け入れ、疑うこともしない。その何もかもが自分と重なる。だからこれほど揺り動かされているのだ。

　――エイドリック兄様。

　彼の傍は居心地がよかった。甘えさせてくれて、守られて、自分だけを見て心地よい言葉をくれる人。だからミレイアには他人は必要ではなかったのだ。エイドリックがいたから。でも世界は自分たちだけではなく、他者の思惑が入り込み、その居心地のいい世界は破壊された。ミレイアは劣等感にさいなまれ、他は何も見えなくなった。だからこそ更にエイドリックに縋《すが》った。兄と妹の関係に逃げ込んだ。それは形を変えた依存だ。けれど世界の崩壊は免れなくて、ミレイアは自分を守るためにそこから逃げ出した——彼に依存したままで。

もちろん自分とウィレムが全て同じだとは思わない。けれど、他者に依存していたという点と、何も見えていなかったという点では同じだ。だからこそ問題だった。彼はそれが許されない立場にいる。

家庭教師の老博士の言葉が不意にミレイアの耳に蘇る。

『自分の目で見て確認し、そして考えることが何より勝る勉強なのです。いいですか、他人の意見に左右されず、惑わされず、自らの目で判断することが大切です』

老博士はミレイアに欠けていたものが分かっていたのだ。そしてそれはウィレムにも言える。

「王族だからこそ、他者に意見をゆだねてはいけない。依存するのと頼るのとでは違うんです。それが分からない人間は王の座につくことはできません」

ミレイアは必死になって言った。ウィレムにギルドラン伯爵への依存を自覚させること。それがセレスティアとウィレム自身を救う道だと思った。

「殿下、ちゃんと自分の頭で考えてください。あなたは本当にこれでいいのですか？　これがいいと思っているんですか？　ギルドラン伯爵の意見ではなく、あなた自身はどう思っているのか……」

「黙れ！」

「きゃあ！」

不意に手が伸びてきてミレイアはセレスティアの前から引き剝がされ、床に叩きつけられた。全身に衝撃と痛みが走り、息が詰まる。

「ミレイア！」

「おい、ユーリス！」

セレスティアとウィレムが同時に叫ぶ。ミレイアを床に倒したのは目の前にいたウィレムではなく、ギルドラン伯爵だった。

「小娘が、偉そうに……」

ギルドラン伯爵はうなるように言うと、いつの間にか手にしていた剣の切っ先を、床に倒れたミレイアに向ける。慌てたようなウィレムの声が響いた。

「ユーリス、よせ！」

「こんな小娘の言葉に惑わされてはなりません、殿下。あなたの気持ちを理解して、分かってあげられるのは私だけ。他は全て敵です。なあに、このユーリスに万事お任せください。あなたを愚弄《ぐろう》する娘はこの場で綺麗さっぱり始末いたしましょう」

そう言って笑うギルドラン伯爵の目には確かな狂気が浮かんでいた。ウィレムが怯む。

「ユーリス……」

ギルドラン伯爵はミレイアを見下ろすと、冷たく告げた。

「お前の亡骸はせめてもの餞《はなむけ》にアルデバルト侯爵家に送ってやろう」

「っ……」

ミレイアは倒れ込んだまま動けない。恐怖のためではなく、引き倒された時に全身を強く打って硬直していたためだ。逃げることもできず、ミレイアはギルドラン伯爵が剣を振り下ろそうとするのを見て、ぎゅっと目を瞑った。

——エイドリック……！

けれどその時、ミレイアの耳に何かが激しくぶつかるような音が聞こえた。そして、その音を聞いたのはミレイアだけではなかったらしい。

「何だ？」

ウィレムが扉の方に視線を向ける。ギルドラン伯爵もそれにつられるように、ミレイアに向ける剣はそのままに扉の方を振り向いた。遠くから聞こえるのは誰かの叫び声だろうか。複数の走ってくるような足音も聞こえた。それはどんどん近くなってくる。

ミレイアはいつまでも振り下ろされない剣を怪訝に思い、そっと目を開けた。次の瞬間、その目に飛び込んできたのは、扉を押しやぶるようにして現れたエイドリックの姿だった。

「ミレイア……！」

——その直後、いくつものことが同時に起きた。

エイドリックに続いて彼の護衛を務めていた兵士たちが部屋に飛び込んできた。ウィレムとギルドラン伯爵が仰天し、彼らの姿に気を取られた隙をついて、セレスティアが動いていた。彼女は素早くギルドラン伯爵に近づくと、鋭い手刀を彼の剣を持つ手に振り下ろす。それはとても女性とは思えない力だった。不意をつかれたギルドラン伯爵は剣を取り落とした。セレスティアはその剣を蹴《け》って手の届かない場所に飛ばすと、唖然《あぜん》としている伯爵の腕を捻り上げ、あっという間に床に引き倒していた。

「なっ、何だと……？」

「形勢逆転というところかしら？」

ギルドラン伯爵の腕を後ろ手に締め上げ、顔を床に押しつけて拘束したセレスティアは、その青い目に挑戦的な光を浮かべた。

その時にはもうミレイアはエイドリックの腕の中に抱きかかえられていた。エイドリックは部屋に入ってくると他には目もくれず、ウィレムを押しのけてまっすぐミレイアのもとへ行き、彼女を抱き起こしていたのだ。

「ミレイア……！」

「エイドリック……？」

「そうだよ、ミレイア」

エイドリックが彼女を見下ろして微笑んだ。感じる温かな体温、抱きしめる力強い腕。そう、ここが彼女の一番安心できる場所、彼女が一番望んでいる場所だ――。そう思ったら胸が一杯になった。

エイドリックは微笑んだまま、ミレイアの髪を撫でた。

「もう大丈夫。君を害そうとしたあの男はすぐに消してあげる」

それはとてもやさしい声で、ミレイアは彼が言った言葉をすぐには理解できなかった。瞬きをしながら顔を上げると、エイドリックは床に倒されているギルドラン伯爵に目を向けていた。けれど、その顔にまったく表情はなく、微笑みの名残のある口元がどこか狂気じみたものを感じさせる。

「あいつは君を僕から永遠に奪おうとした。殿下や父上の手を煩わせることはない。この場で切り刻んでやろう」

「……エイドリック？　わ、私は大丈夫だから」

何かおかしい。慌ててエイドリックに抱きついて止めようとしたところで、ウィレムが自身の腰に佩いた剣に手をかけるのが目に入った。ギルドラン伯爵がセレスティアに引き倒され床に拘束されたのを見て助けようとしているのだ。セレスティアが危ない！　ミレイアはとっさに叫ぶ。

「エイドリック！」

その警告を含んだ声に、エイドリックは素早く反応した。ミレイアから手を放したと同時に剣を抜き、ウィレムが剣を抜き終わる前にその首元にピタッと剣先を当てていた。ウィレム自身も王子としての教育の一環で軍に所属していたこともあり、剣の腕は立つと言われていた。だがその彼にすら、とっさに避けることができないほどエイドリックの動きは素早いものだった。

「僕はあなたにも腹を立てています。ですから手加減できないかもしれないので、その剣を抜かぬようにお願いします、ウィレム殿下」

エイドリックは淡々とウィレムに言った。その顔も声も無表情に近い。先ほどミレイアを抱きしめた時に見せた表情とはまるで違っていた。いつも柔和な顔の彼だけしか知らないだろうウィレムは突きつけられた剣よりもそちらの方に面食らったようだった。だが、素早く立ち直ると、馬鹿にしたように鼻を鳴らす。

「サーステン子爵。王族に剣を向けるのか？　反逆罪だぞ」

ミレイアは二人の様子をはらはらしながら見守っていた。確かに王族に剣を向けるのは反逆行為だ。この場で取り押さえられ、投獄されても文句は言えない。けれど、部屋に来た兵士は誰一人動くことはなかった。エイドリックはウィレムに剣を向けたまま冷ややかに告げる。

「今日この日、この時間を以《もっ》て、あなたは王族としての身分を剝奪《はくだつ》されました。もう王子ではありません」

「何だと？」

「言葉のとおりですよ、兄上。こんなことになってとても残念です」

不意に第三者の声が部屋に響いた。エイドリックを除いた全員が扉の方にいっせいに視線を向けると、そこには兵士を従えたマリウスが立っていた。

「マリウス……！」

ウィレムがうなり声を上げてマリウスを睨みつける。けれどマリウスはその視線をまるで意に介さず、部屋の中に足を踏み入れながら彼に言った。

「エイドリックが言ったことは事実です。ギルドラン伯爵はセレスティアを拉致した。あなたはそれを知っても、彼を止めることも諌めることもできなかった。その責任を問い、父上があなたの王子としての身分を剝奪し、臣下に降ろすことを決定しました」

「な、何だと!?」

ウィレムは愕然とした。その驚きはセレスティアによって床に押さえつけられているギルドラン伯爵も同じだった。

「あなたはもう王子ではありません。あなたを共犯としなかったのは父上の温情だと思ってください」

「お、お待ちください！　これは私の独断で、ウィレム殿下は何も……！」

ギルドラン伯爵が叫ぶ。けれど、マリウスは彼に冷ややかな目を向けた。

「何もしなかったのが問題なんですよ、ギルドラン伯爵。兄上はあなたの主として、あなたの行動を把握し、過ちがあれば諌める立場にあった。けれど、何もしなかった。あなたの行動を御することができず、罪に走らせた。あなたの罪は兄上の罪だ」

セレスティアが不意に口を挟んだ。

「私の意見を言いましょうか、マリウス。彼はダメね。二十歳にも満たない娘でも分かることが、彼には理解できなかった。王としてどころか王子としても失格ね」

「そうか……」

マリウスは深い息を吐き、呆然としているウィレムに言った。

「残念です、兄上。僕はね、本当は王の座なんていらなかったんですよ。だからこの二年の間に、いや、今日この時までに兄上が自分の過ちに気づいてくれたら、王太子の座などくれてやったのに」

「なん……だと……？」

ウィレムは目を見開く。ミレイアも初めて聞くことに目を丸くしていた。

「父上をはじめ僕たちはギルドラン伯爵たちの罪の証拠をとっくに手にしていたんですよ。この二年間、いつだって彼を排除することができた。そうしなかったのは、彼を餌にしてこの国に蔓延《はびこ》る膿を丸ごと一掃するためと、兄上が伯爵への依存から脱却して次期王として自覚することができるか試すためだったのです。今回のこともそう。追い詰められたギルドラン伯爵がどういう行動に出るかなんて分かっていました。だからあえてセレスティアを拉致させて、兄上がどういう行動をとるか、あるいは彼への依存から目覚めるのか賭けていたんですよ。結果は残念なことになりましたけど」

「そんな……」

ギルドラン伯爵が呻く。

ミレイアは目を丸くして、ことの成り行きを傍観していた。まさかこの拉致まで、マリウスたちの手のひらの上のことだったとは。だが、そう考えればセレスティアがミレイアに告げた意味深な言葉も、彼女が始終ああも冷静だったことも頷ける。彼女はあらかじめ拉致されることが分かっていたのだ。もしかしてミレイアと話す時に人払いをしたのも、彼らに罠とは悟らせずにその機会を与えるためだったのかもしれない。

マリウスは淡々と言葉を続けた。

「兄上。あなたがギルドラン伯爵の犯罪を全て知っていたとは思えない。けれど、うすうす何かは感じていたはずです。でもあなたは彼に依存するあまりそれに目を瞑った。主としての役割を怠った。だから彼同様に、犯した罪の責任を取らなければなりません」

それに対する返答はなかった。

ミレイアは呆然としているウィレムとギルドラン伯爵を交互に見やった。虫はより甘い蜜の香りを放つ花に集まるものだ。ギルドラン伯爵に集う人間は彼と同じく横領や収賄などの犯罪に平気で加担する貴族たちばかりだった。マリウスは……いや、ウィレムを除いた王族たちは、ギルドラン伯爵を餌にしてそういった連中を一掃するつもりだったのだ。

「捕らえろ」

マリウスが兵に命じる。すると兵士たちはセレスティアに拘束されているギルドラン伯爵と、依然としてエイドリックに剣を突きつけられたまま微動だにしないウィレムのもとへと足を向けた。エイドリックはそれを見て、剣を鞘《さや》にしまうとミレイアの傍に来て彼女を抱きしめる。ミレイアは馴染みのあるその腕の中に顔をうずめた。

だがそこで、数人の兵士に囲まれたウィレムが顔を上げ、突然マリウスに叫んだ。

「……お前に、お前に私の気持ちが分かるものか！　お前は父上や王妃や皆から由緒正しい公爵の血筋の者として、王子として愛されて育ったじゃないか。だが私には誰もいなかった！　誰も！　ユーリスだけだ、私の傍にいたのは！　皆に必要とされ、褒めそやされてきたお前に私の気持ちが分かってたまるか！」

それは悲痛な叫びだった。母親を亡くした後、王妃に育てられたマリウスと違ってウィレムの傍には後見人のギルドラン伯爵以外には誰もいなかったのだ。そんな唯一の存在である彼を失いたくなかったウィレムは彼の行動を見て見ぬフリ、何も知らないフリをして生きてきた。第一王子派が次々と粛清されていき、自分の周囲に人がいなくなっても彼が平気な顔をしていたのも頷ける。彼にとって真に必要だったのはギルドラン伯爵だけ。彼がいさえすれば良かったのだ。

マリウスが不意にその顔から笑みを消して、刺すような目でウィレムを見つめた。

「誰もいなかったのは、兄上自身がギルドラン伯爵だけしか信じず、彼だけしか見ていなかったからだ。父上も僕も義母上《ははうえ》も、ずっと兄上に手を差し伸べていたのに。扉はいつだって開いていたのに。その手を見ず、我々から顔を背けてギルドラン伯爵を選んだのは兄上自身だ」

思いもかけないことを言われて呆然と立ち尽くすウィレムに、マリウスは冷たい声で続けた。

「王となる者は誰かを信頼してもいい。けれど、自分の力で立てないほどその誰かに依存してはならないのです。……兄上、あなたは王にふさわしくない。その席には僕がつかせてもらいます」

――その宣言に、ウィレムはもう何も言わなかった。

ギルドラン伯爵は捕縛され、大人しく拘束されたウィレムと共に城に護送された。慌ただしくウィレムたちや兵士たちが出て行った後、その窓のない部屋にはミレイアとエイドリック、マリウスとセレスティアだけが残された。

「やれやれ、やっと終わったなぁ」

感慨深げに呟いた後、マリウスはエイドリックの腕に抱かれたミレイアの方を振り返って言った。

「すまないね、ミレイア。こんなことに巻き込んで。エイドリックから君だけは巻き込むなと釘を刺されていたのに。まさか、セレスティアと一緒に拉致されてしまうとは……。周囲に誰もいない彼女一人の時に狙うものだと思っていたのに、とんだ誤算だった」

「そ、それは私が引き返したから……」

ミレイアはばつが悪くなって首をすくめた。彼らは確かにセレスティア一人の時を狙った。だが、ミレイアがそこに不用意に飛び込んでいってしまったのだ。彼女が戻ってきたのを見て、セレスティアもさぞかし肝を冷やしたことだろう。ミレイアの存在は下手をすれば、マリウスたちの計画を台無しにしてしまうことだってあり得たのだ。

「いいえ、ミレイアは何も悪くありません。全部あなたの詰めの甘さが原因ですよ」

ミレイアをしっかり抱きしめてエイドリックがマリウスをじろりと睨む。だが、自分が引き返したせいで巻き込まれたことが分かっているミレイアは慌てて話を変えた。

「それにしても、か弱い女性であるセレスティア様を囮にするなんて酷いです。何かあったらどうするんですか？」

全てが仕組まれていたと知って、何となくミレイアにも分かってきていた。国王が大舞踏会でマリウスの婚約と同時に立太子を宣言したのも、あの場でセレスティアを褒めそやして王太子妃にふさわしいと強調したのも、全てギルドラン伯爵の注意をセレスティアに向けさせるためだったのだと。じわじわと追い詰められたギルドラン伯爵が決定的なミスを、それもウィレムを巻き込み彼にも分かるような形で犯すように、わざと仕向けたのだ。

だが、それにしても女性を囮に使うなど酷い話だ。過去に誘拐されかけ、また今回も同じ目にあったミレイアは心底憤慨していた。

「まぁ、ミレイア。私を心配してくれているのね」

彼女の言葉を聞いて、セレスティアが嬉しそうに笑った。ところが男性陣はいきなり沈黙して顔を見合わせる。困ったように口を開いたのはマリウスだった。

「あのさ、ミレイア。ギルドラン伯爵を拘束したセレスティアのあの手際のよさを見て、よくか弱い女性なんて言えるね。心配しなくても、本当にか弱い女性なら僕らだって囮なんて頼まなかったさ。いいかい、ミレイア、彼女は、よそには知られていないけど、ライナルトでは鬼姫と呼ばれていて、女だてらに剣を振り回し、軍にも所属する猛者《もさ》なんだよ？」

「……え……？」

「万が一、兄上に襲われかけたとしても反対に返り討ちにして、アレを使いものにならないようにへし折り、彼のプライドをズタズタに引き裂いていただろうさ」

セレスティアは口を尖らせる。

「酷いわね、そこまではしないわよ。万が一の場合、使いものにならないようじゃ困るでしょう？　王族の血を絶やさないためには。ただし二度と女性に無理強いなどしないように、徹底的に調教はさせてもらうわ」

「ほらね、心配なんてする必要はないんだよ」

ミレイアは唖然としていた。この美しいセレスティアが剣を振り回し、鬼姫と呼ばれている？　ちらりとセレスティアを見るとちょうど彼女もミレイアを見ていたらしく、にっこり笑いかけられた。ミレイアは頬を染める。猛者だと聞いても、彼女に対する憧れは消えることはなかった。彼女は淑女で強くて素敵な女性だ。

「さて、そろそろ僕らも城に戻ろうか。こんなところに長居はしたくないし」

マリウスはそう言って、セレスティアを促して扉の方に足を向けた。だが、数歩も進まないうちに、何かを思い出したようにミレイアの目の前に戻ってくる。

「そういえば、次に会った時にあの時の答えを聞く約束だったよね、ミレイア」

ミレイアはあっと声を上げた。それは大舞踏会で彼とダンスをした時に交わした約束だった。エイドリックから逃げるか、彼のもとに留まるか、どちらかを選べと。

「答えは決まったかい？」

「はい」

ミレイアは頷いて目の前のマリウスを見、それからセレスティアを、そして最後に自分を抱きしめているエイドリックを見上げた。彼はミレイアを優しい目で見つめていた。その目にはかつてのように甘やかし、慈しむような光がある。けれど、そこに前には分からなかった情欲の焔が見え隠れしていた。それはきっと前からあって、でも子供で劣等感にさいなまれていたミレイアには見えなかったものだ。兄と妹という関係にしがみついていた自分が決して見ようとしなかったもの。……けれど、今のミレイアにはそれが何であるか分かる。自分の中に彼の情欲に応えるものがあることも。

見失っていたものは、エイドリックの心だけじゃない。ミレイアは自分の心からも目を背けていた。本当はいつだってエイドリックを求めていたのに。純潔を奪われ、彼にとっての自分が取るに足らない存在なのだと思ったあの時、ミレイアは根幹を揺さぶられ、地面に叩きつけられた気がした。あの時一度彼女は壊れたに等しい。ようやく時間をかけて自分を立て直したけれど、そうやってエイドリックなしで生きていたあの二年間、ミレイアは本当に生きていたと言えるだろうか？

……答えなど、本当はもうとっくに出ていたのだ。

ミレイアはマリウスに視線を戻してはっきり答えた。

「エイドリックの傍にいます。ずっとずっと一緒にこの先も彼と共に生きていたい。それが私の答え、私の本当の望みです」

劣等感も、卑屈さも、心を縛っていたもの全てを取っ払った後に残ったもの。それはミレイアの本当の願い。

――この人の傍にいたい。この腕の中で生きていたい。遠い昔に願ったように、ずっと一緒に……。

「ミレイア……」

エイドリックのミレイアを抱く腕に力が入った。そう、この腕の中が、ミレイアが本当にいたい場所だ。

マリウスはミレイアの答えを聞いて、にっこり笑った。

「では僕は君との約束どおり、君たちの仲を全力でとりもとう。元々エイドリックとの約束だったしね」

「エイドリックとの約束？」

「そう。彼と君との結婚を王太子の名において認めること。それが彼が僕に仕える条件だった。社交界の悪意から君を守るために、次期国王のお墨付きを与えろというわけだ」

ミレイアはハッとしてエイドリックを仰ぎ見た。

『でも彼はそれでもそれに立ち向かおうとしているわ。障害になるものを取り除こうと動いている』

セレスティアが言っていたことを思い出してミレイアの唇がわななないた。目に涙がにじむ。やはり彼はずっとずっと……。

マリウスが続ける。

「もう一歩進めてラファイエット公爵家の養女になって彼に嫁ぐという手もある。僕から公爵に話をしようか？」

確かに公爵家の養女になれば身分差はなくなる。社交界でもあれこれ言われることも少なくなるだろう。ラファイエット公爵は次期国王であるマリウスの母方の実家だ。けれど……。ミレイアは首を横に振った。

「いいえ、殿下。私は男爵家令嬢のままでエイドリックの傍にいます」

以前セレスティアは言っていた。エイドリックが立ち向かおうとしているのに、ミレイアは何かしたのかと、楽な方に逃げているだけじゃないのかと。そのとおりだ。彼女はまだ何もしていない。エイドリックに守られているだけの子供だ。

――でも今度はエイドリックのために、彼の隣に立つために、ミレイアが立ち向かわなければならない。

「そうか」

ミレイアの返答を聞いて、マリウスは微笑んだ。きっと彼はミレイアがどう答えるか分かっていたのだろう。

　ミレイアは自分はなんて恵まれているのかと思った。自分にはエイドリックがいて、両親、弟、老博士やアルデバルト侯爵夫妻が、マリウスやセレスティアがいて、みんながミレイアを思ってくれる。守ろうとしてくれている。卑屈な思いに囚われていた時には気づかなかったことの一つだ。

　彼女はふと彼女とよく似た孤独な王子のことを思い浮かべた。彼の傍には今は誰もいない。ただ一人必要としていた者を失って、彼はこれから一人で生きていかなければならない。でも、いつか……いつか、彼に寄り添う相手が、彼の心を分かち合って一緒に生きる相手ができればいいと、ミレイアは願った。

＊＊＊

エイドリックはミレイアを二人の寝室のベッドにそっと下ろした。

あれから事情を聴くために城に連れて行かれるものと思っていたが、大変な目にあったミレイアを屋敷に帰して休ませるようにと、マリウスがエイドリックにも休暇を与えてくれた。それで二人は直接ギルドラン伯爵の屋敷から兵士に守られながら屋敷に戻ってきたのだ。

「何日も離れていたみたい……」

ミレイアはくすぐったい思いを抱きながら、リネンのシーツをそっと撫でる。今日この屋敷を離れてから色々なことがあり、もう何日も帰ってきていない気がしたが、実際留守にしていたのはたった半日のことだ。それでも懐かしい我が家に戻ってきた気がして嬉しかった。

「僕もそんな気分だよ。君から離れているのは苦痛以外の何ものでもない」

エイドリックはそう言いながら、ミレイアのドレスのボタンを次々と外していく。ミレイアの世話を焼こうとするソフィアを、自分がするからと強引に下がらせた彼は、ミレイアの身体が傷ついていないか調べると言って聞かず、彼女のドレスを脱がそうとしているのだ。だが、彼の目に宿る情欲の光が、傷を見るのが目的ではないと語っていた。

「ま、待って……！」

自らの手で露わにしていく傍から、その白い肌を唇でたどる彼にミレイアは慌てた。このままだといつもの情熱に流されてうやむやになってしまう！

ミレイアは、鎖骨や首筋に唇を滑らせる彼を無理やり押しとどめた。

「お願い、待って、話が先です……！」

エイドリックはしぶしぶ彼女の柔肌を食むのを止めると、その口元に艶やかな笑みを刻んだ。

「ここまできて、お預けを食らわすなんてね。後でたっぷり償ってもらうよ、ミレイア？」

その淫靡な笑みにミレイアはゾクゾクと背筋を震わせた。ミレイアだって彼の体温を今すぐにでも感じたい。けれど今は話の方が先だ。そう主張するとエイドリックはくすっと笑い、ミレイアの唇に触れるだけのキスをすると、ベッドヘッドに背中を預け、その胸にミレイアをもたれさせる。ミレイアは彼の胸に頭を預けながら口を開いた。

「エイドリックは……あの幼い頃の約束をずっと覚えていて、叶えようとしてくれていたのね」

「冗談だと思ったのかい？　でも僕は本気だったよ。君が大人になったら伴侶としてずっと傍にいてもらうつもりだった」

ミレイアの目にじわりと涙が浮かぶ。セレスティアからそう聞いていたし、マリウスも同じようなことを言っていた。けれど、それをエイドリック本人の口からは聞いたことがなかった。言ってくれていたら……はじめからそうだと言ってくれてさえいたら、ミレイアはあれほど苦しまなかっただろうに。

その思いを見透かしたかのようにエイドリックは続けた。

「でもそれを、まだ子供の君に押しつける気はなかった。君が結婚の意味を分かって言っていたとは思えなかったし、口にすれば僕の言葉を義務として受け取っただろう。でもね、僕は君の意志で僕のもとに来て欲しかった。だから君が大人になるまで待とうと思っていたんだ。君のご両親にも成人するまでは僕の気持ちも、結婚のことも君に強要しないようにお願いした」

ミレイアはハッとエイドリックを見上げた。

知らなかった。
ミレイアの社交界デビューにあれほど熱心だったのだ。ミレイアだけがそのことをずっと知らなかった。
「もちろん、もうだいぶ前に僕の意志は伝えてある」
いて何も言わなくなったのは。そしてきっとアルデバルト侯爵夫妻も知っていた。だから
だからだったのだ。あれほどエイドリックとの関係を心配していた母親がそのことにつ
エイドリックは微笑んで頷く。
「両親も知っていたのですか？」

「両親も知っていたのですか？」

　エイドリックは微笑んで頷く。

「もちろん、もうだいぶ前に僕の意志は伝えてある」

　だからだったのだ。あれほどエイドリックとの関係を心配していた母親がそのことについて何も言わなくなったのは。そしてきっとアルデバルト侯爵夫妻も知っていた。だからミレイアの社交界デビューにあれほど熱心だったのだ。ミレイアだけがそのことをずっと知らなかった。

「私……ずっとエイドリックが私に向ける愛情は妹に向けるものだとばかり……」

　エイドリックはミレイアの髪を撫でながら苦笑した。

「『妹』をあんなふうに抱くわけがないだろう？」

　閨《ねや》の中で執拗に抱かれたことを思い出し、ミレイアの頬が赤く染まった。

「僕の気持ちなんて誰の目にも明らかなのに、あんまり君が分からず屋だから、ついこっちもむきになってしまったよ」

　ミレイアは俯いた。

「だって、エイドリックの気持ちはセレスティア様にあるとばかり……」

「彼女は何でもないって言っただろう？」

　頷きかけたミレイアはふとあの大舞踏会での彼の反応を思い出して顔を上げた。

「でも、あなたはマリウス殿下とセレスティア様の婚約が発表された時、二人をとても冷

たい目で見ていたわ！　だから私はまだあなたが彼女を忘れていないのかと思って……」

「あれは本当のことではなくて全て茶番だったからね。その茶番で一番被害を受けたのは僕たちだ。冷ややかになってしまうのは当然だよ」

エイドリックは眉を顰めて不満そうに言った後、驚くべきことをミレイアに告げた。それはセレスティアがミレイアには伝えなかった王族の事情だった。

「陛下はとっくの昔に次期国王をマリウス殿下にすることを決めていたんだよ。ウィレム殿下とマリウス殿下。二人を比べればどちらが国王にふさわしいか、聡明な陛下が分からないはずはない。けれどそれを当のマリウス殿下がよしとしなかった。彼はあまり国王の座に興味がなくてね。なりたい者がなればいいというお考えだった。そしてウィレム殿下にチャンスを与えて欲しいと陛下に願った。それが全ての始まりだ」

けれどウィレムが王太子になるには、どうしてもギルドラン伯爵の影響力を排除しなければならなかった。ギルドラン伯爵はウィレムを次期国王の座につけて自分が権力を握るために、後見人の立場を利用して彼を己の都合のいいように洗脳していたからだ。母親の身分のことで劣等感を植え付け、マリウスに対するライバル心を煽り、自分しか味方はいないのだと思い込ませていた。それに気づいた国王が忠告しても、ウィレムは聞く耳を持たず、反対にますますギルドラン伯爵に傾倒していく。国王がウィレムを見込みがないと判断するのは当然のことだった。皮肉なことに一番ウィレムを王位につけたかったギルドラン伯爵自身が彼の立太子を阻んでいたのだ。だが言い換えればウィレム自身がそれに気づくことができればまだ見込みはある。マリウスはそう主張し、自身に出ていた留学の話を利用することを思いついた。

　折しも国王の気持ちがマリウスの立太子に傾いていることに感づいたギルドラン伯爵は、第一王子派の勢力を大きくすることでそれを阻止しようと躍起になっていた。なりふり構っていられなくなった彼は金の力で大勢の貴族を第一王子派に引き入れるために、財務大臣の立場を利用して国費の横領という犯罪に手を染め始めていたのだ。マリウスが留学している間にそれはもっと顕著になるだろう。その証拠を集めればギルドラン伯爵と彼に群がる腐敗した貴族たちも一緒に排除できるし、ウィレムも目を覚ますかもしれないと、そうマリウスは考えたのだ。けれど、彼が留学している間に第一王子派の勢力が増し、抑えがきかなくなる懸念もあった。それで国王と彼は中立派の筆頭であったアルデバルト侯爵家に目をつけたのだ。

「アルデバルト侯爵家が第二王子派になれば、中立派の貴族たちも続くからね。マリウス殿下が帰国するまでそれでバランスを保つことができると考えた。……だが、我々にとってはいい迷惑だ。そのせいで僕たちはもちろん周囲まで巻き込まれた。マリウス殿下がウィレム殿下を見限ってさっさと王太子の座につけばそんなことは起こらなかったのに。僕があの茶番に冷ややかだったのも分かるだろう？」

　エイドリックが言う巻き込まれた周囲とはおそらくミレイアのことだ。彼はミレイアが自分も狙われていたことをセレスティアからすでに聞き及んでいることを知らない。ここでもはっきり言わないのは、きっと彼女にそれを知らせるつもりがないからだ。彼はまだ彼女を鳥籠に入れて外敵から守るつもりでいるのだ。

そのことにミレイアは嬉しさと同時に悲しみを覚えた。二年前の誘拐未遂事件の真相についてはおそらく両親も知っていたに違いない。でなければ、遠く離れた地にいる彼だけでは彼女をギルドラン伯爵の手から二年間も守り通せるわけがない。ミレイアとそしておそらくジュール以外は知っていたのだ。自分が関わっていることなのに、彼女だけが知らされないままだった。セレスティアが話してくれなかったら、おそらく今も知らないままだったろう。

ミレイアは俯いて唇を噛み締めた。やるせなかった。

……でもそれはミレイアが子供だったからだ。自分の気持ちから目を背け、何も知ろうとしなかったのは彼女自身だ。「兄」だなんて本当は思っていなかった。彼へ向ける思慕はいつの間にか別のものへと変わっていた。二年前あんなに苦しかったのも、彼と付き合っていたというセレスティアの顔を見たくなかったのも、ミレイアが彼を異性として好きだったからだ。なのに、ミレイアはそれを頑なに認めようとしなかった。でも、それではだめなのだ。

——彼の隣に立つために、大人にならなければ。彼に一方的に守られるばかりではなく、彼を支えていけるように。

ミレイアは決然と顔を上げ、大きな翠の瞳を彼に向けた。

「エイドリック。私はセレスティア様からいくつかのことについて話を聞いています。でも、私はあなたの口からそれを聞きたい。何を聞かされても、私は平気。だって……エイドリックが私の傍にいてくれるでしょう？」

「ミレイア……」

「話してください。お願いします」

エイドリックはミレイアの感情を映してキラキラと煌めくエメラルドの瞳をしばし見下ろし、少しだけ眩しそうに目を細めた。

「この目に弱いんだよね……」

小さなため息をつきながら呟いた後、エイドリックはミレイアの頬にそっと触れた。

「気持ちのいい話じゃない。だから本当は知らせるつもりもなかったけど、君を巻き込んでしまったし、もう危険はないだろうから」

そう前置きしてからエイドリックが告げたことは、あの中庭でセレスティアが話してくれたこととほぼ同じだった。王からマリウスの留学の付き添いを命じられたことがきっかけで、第一王子派の嫌がらせと攻撃が始まったこと。ミレイアがそれに巻き込まれたこと。敵の目をミレイアから逸らすために、わざとライナルトで女性と噂になるように仕組んだことも。

「あの時は本当にできることが限られていた。手紙の内容が筒抜けになるのを恐れて、君の状況を知ることもできなかった。まぁ、途中からはデサント先生が君のことを知らせてくれるようになったけれど……」

ミレイアは目を見開いた。デサント先生とはミレイアの家庭教師をしている老博士の名前だ。

「デサント先生？　なぜ先生が、エイドリックに……？」

エイドリックは急にいたずらっぽく笑った。

「実はね、彼はかつて僕の家庭教師を務めていたこともある恩人なんだ。田舎に隠居するという彼を口説いて父が君のところに送り込んだ。君に『侯爵夫人』にふさわしい知識を与えるためにね」

「なっ……！」

ミレイアは絶句する。父がどこからか探してきたのかと思った老博士は、実はアルデバルト侯爵が遣わした者だったのだ！

けれどそれより何よりミレイアが驚いたのは、彼女が彼から教わっていたものが「侯爵夫人」のための知識だったことだ。確かに彼の勉強は政治や経済など多岐にわたっていたが、ミレイアはそのことを何も不思議に思っていなかった。

「彼がね、君の様子を植物に喩えてこっそり知らせてくれていた。君はとても優秀な生徒だと褒めていたよ。この二年間、先生から送られてくる手紙だけが君と僕を繋いでくれる唯一の絆だった。でも、もちろんこちらから君に直接手紙を出すことはできなかった。皮肉なことに、僕が一切関わらないことが、君を守る上でもっとも有効だったんだだよ」

「エイドリック……」

あの二年間のことを思い出してミレイアの目に涙が浮かんだ。何も言わずに去って、その後手紙一つ寄越さなかったエイドリック。今はその理由が分かっているが、当時、そのせいでミレイアはとても苦しんだのだ
「……傷つき、ました。私は兄様にとって何の意味もない存在なのかと思って」

「すまない」

エイドリックはミレイアの髪を優しく撫でながら、苦笑した。

「でもね、私も傷ついたんだよ。君を花嫁にするために、マリウス殿下とあんな密約まで交わしたのに、君が突然僕から離れようとするから」

「ごめんなさい……」

ミレイアは目を伏せる。エイドリックは遠い昔に交わしたあの約束を覚えていて、それを叶えようとしてくれていたのだ。それなのに自分は彼の気持ちを少しも考えないで、自分勝手な思いから、彼から離れようとしていた。エイドリックが怒るのは当然だ。

「いや、君が謝る必要はない。謝るのは僕の方だ。頭に血が上ったとはいえ、君の純潔を無理やり奪ったのだから。本当は時がきたら、もっと優しく甘く奪うつもりだったのに……」

そこまで言うとエイドリックは不意に自嘲した。

「だけど、ある意味僕は君との膠着《こうちゃく》した関係を、これで変えられると喜んでもいた。近く

にいすぎたせいか、君は僕を男ではなくて兄と見ていたから、身体を繋げることでそれが変えられると思ったんだ。けれど、二年経って留学が終わって帰ってきても、君はやっぱり僕を兄様と呼び、兄以上に見ることを拒否しているようだった。だから僕は更に君の身体に自分を刻むのに躍起になったよ。でも……」

エイドリックはミレイアの顎を取って顔を上げさせると、その淡く色づいた唇に口を寄せながら呟いた。

「正直に言おう。僕はそれを楽しんだ。君が嫌だと言いながら僕に身体を開くのも、悦楽に我を忘れていくのも……。僕の腕の中でどんどん淫らになっていくのを見ても、愉悦に浸っていた」

「……え？」

ミレイアは目を見開いた。驚いた拍子に半開きになった唇に、エイドリックの口が重なる。するりと入り込んできた舌がミレイアの舌に絡みつき、その感触にぶるっと身体が震えた。

「……んっ」

吐息ごと奪われ貪られる。目を閉じ、口の中を我が物顔で動き回る舌にミレイアは夢中で応えた。

……やがて、エイドリックが顔を上げると、そこにはほんのり頬を染め、涙ぐみ息を弾ませたミレイアがいた。エイドリックは、そんなミレイアの頬を優しく撫でて、艶やかな笑みを浮かべて囁く。

「ごめんね、ミレイア。本当は僕はこういう男なんだよ。君がもし次に僕から離れようとしたら、きっと今度は本当に鳥籠に閉じ込めてしまうだろう。誰にも見せないで、僕だけを見て、僕のことだけを考えるように。……かわいそうに、君はとんだ男に捕まってしまったね。でも、放してあげられない」

激しい執着を露わにするその言葉に、ミレイアの背筋をゾクゾクと震えが走った。エイドリックは目ざとくそれに気づいて彼女の濡れた唇に指を滑らせる。

「僕が怖い？」

ミレイアは首を横に振った。震えたのは、怯えたわけでも恐怖を覚えたわけでもなかった。その言葉に悦びを感じたのだ。そして今ようやく、この屋敷に囚われていた理由が、ミレイアを守るためだったと聞いた時に、素直に喜べなかった理由が分かった。囚われて閉じ込められるほど彼に執着されることを、心のどこかで喜んでいたのだ。

「エイドリック」

ミレイアは息を整えながら彼の名を呼んだ。エイドリックがふっと笑う。

「もう、兄様とは呼ばないんだね」

「エイドリックは……兄様ではありませんから」

ミレイアはエイドリックの手を取って、その手に自分の頬を押し当てながら、見上げて告げた。

「愛しています、エイドリック。兄としてではなく、一人の男性として」

エイドリックはミレイアの身体に腕を回してぎゅっと抱きしめた。

「君がそう思ってくれるのをずっと待っていた。僕も、愛しているよ、ミレイア」

その言葉を聞いてミレイアの目に涙が浮かぶ。

「……どうして？　どうしてそれを今まで言ってくれなかったの？」

まだミレイアが小さかった頃を除けばエイドリックがその言葉を言ったことはなかった。閨では「愛してあげる」と言われたが、それは愛の言葉ではない。もしエイドリックがミレイアを女性として好きだったのなら、なぜ彼は今までそれを言ってくれなかったのだろう。結婚のことを口にしなかった理由は聞いた。けれど、思いを口にしない理由はそれには当てはまらない。少なくともあの時――純潔を奪われた時にせめて、その言葉を一度でも言ってくれていれば、きっとミレイアはあれほど苦しまずに済んだ。もっと早くに「兄と妹」という関係から抜け出すこともできていたかもしれないのに。

ミレイアは今にも零れそうな涙を目にたたえて、エイドリックの胸に取りすがった。あの時の苦しみが蘇り、胸がつぶれそうだった。

「どうして？　なぜなの、エイドリック」

エイドリックはミレイアを見下ろし、その髪を撫でながら言った。顔には微苦笑が浮かんでいる。

「今まで言わなかったのは、君への気持ちが愛という言葉では言い表せないからだよ」

「え……?」

「僕は今『愛』という言葉を使ったけれど、本当のところ、これが愛に該当するのかよく分からないんだ。だから軽々しく言えなかった。僕はね、ミレイア。君の全てを望んでいる。生きるために君を必要としている。君は僕の欠けたものを埋めてくれる唯一の人だ。だからね、たとえ世界にたった二人しかいなくても、僕は君がいれば満足できるよ。他の人間なんて本当は必要じゃない。ねぇ、この感情は——果たして『愛』と呼べる?」

——それは、愛とは言えないかもしれない。でも……。

ミレイアはエイドリックを見上げ、確認するように尋ねた。

「……私が必要? 誰よりも?」

「ああ。僕が生きるためには君が必要だ」

「……なら、いい」

——それは愛よりもっと深くて、強いものだ。

ミレイアは手を伸ばしてエイドリックの肩に抱きついて、その唇にそっと自分の唇を押し当てて囁いた。

「エイドリックに私の全てをあげる。だから私にもあなたの全てを——」

その先の言葉は、降りてきたエイドリックの口の中に消えていった。

＊＊＊

窓から差しこむ日差しが、部屋の真ん中に鎮座する大きな天蓋付きのベッドを明るく照らしている。普段この時間はまだ使われないはずのその場所で、ミレイアは上半身をすっかりはだけられた姿でベッドに横たわっていた。エイドリックはそんな彼女に半ばのしかかり、両手で下から膨らみを掬い上げ、盛り上がってつんと上を向いた頂を、手と口を使って甚振《いたぶ》る。尖って膨らんだ胸の先端をエイドリックの舌と歯が掠めるたびに、意地悪な指できゅきゅと扱かれるたびに、ほんのり色づいた身体がシーツの上で跳ねて、うねった。

「んっ、んっ、あ、くぅん、どうして、そこばっかり……！」

涙の滲んだ目で、自分の胸に顔を埋めるエイドリックを見つめて、ミレイアは喘ぎながら抗議する。彼はベッドの上にいても服を着たままだ。まだ日の明るいうちからベッドで肌を晒しているのは、ミレイアだけ。悪戯な手に官能の炎を掻きたてられ、悶えているのも彼女だけ。それが恥ずかしくてたまらなかった。けれど、その羞恥心が更にミレイアを煽る。ドロワーズに覆われた下肢の奥はエイドリックに触れられるたびに痺れ、絶えず透明な蜜をあふれさせていた。

エイドリックはミレイアの蕾を口に含み、舌で扱きながら笑った。

「だって、僕のお姫様はここを弄られるの、好きだろう？」

「あっ、やぁ、そ、こで、しゃべらないでぇ……！」

エイドリックが言葉を発するたびに唇が熱を帯びた先端をかすめ、そのつど背筋に震えが走る。下腹部が痛いくらいにジクジクと疼き、いつもの馴染みのある波がせりあがってきていた。エイドリックが、笑みを含んだ声音でささやく。

「胸だけでイクかい？　ふふ、すっかり淫らな子になってしまったね、ミレイア」

「ち、違っ、あ、ああっ、やぁ、もう、許してぇ」

ミレイアは髪を振り乱して懇願する。ふにふにと柔らかな胸を揉まれながら、両方の飾りを舌と指で刺激され、胸全体が性感帯になったようだった。彼の髪が触れるだけ、汗一筋流れるだけで感じて声が漏れてしまう。エイドリックの言うとおりだ。ミレイアは下肢に指一本触れられていないのに、胸への愛撫だけで達しようとしていた。

「んんっ、あ、やぁ、もう、触らないで……あぁっ！」

ひときわ高い悲鳴がミレイアの口からあがる。エイドリックが色づいた先端を強く吸い上げながら歯を立てたのだ。腰がビクンと跳ね、背中が反った。エイドリックは、まるで食べてといわんばかりに差し出された先端に再び歯を立て、じんじんと熱を発するそこを舌で嬲りながら嫣然《えんぜん》と笑う。

「イクんだ、ミレイア」

その甘く淫らな命令に、従順なミレイアの身体はあっという間に堕ちていった。パチンと何かが弾け、目の前が白く染まった。明るい寝室に嬌声が響き渡る

「あ、あ、ああっ、あああ！」

……やがて、荒い息を吐き、絶頂の余韻で小刻みに震えるミレイアから顔を上げたエイドリックは、彼女を笑って見下ろして告げた。

「まだまだこれからだよ、ミレイア」

淫靡な時間を約束する言葉に、ミレイアの蜜壷から蜜がトロリと零れていった——。

ぐちゅん、ぐちゅんと寝室に淫らな水音が響き渡る。ミレイアは全裸でシーツに横たわり、脚の間に身を落ち着かせたエイドリックの手と舌に翻弄されていた。

もう始まってからどのくらい経ったのかよく分からない。その間、何度も狂わされ、そのたびに哀願するも、エイドリックは笑って更にミレイアを快楽のふちに追い詰めていく。

「んっ、あ、ふ、んんっ、や、やあ……」

出口の見えない悦楽に、ミレイアは涙を散らしながら頭を激しく振った。波打つ淡い金糸がシーツと薄紅に染まった白い裸体に乱れかかり、彼女の淫弄な姿態を浮かび上がらせる。

蜜壷はすでにエイドリックの長い指を三本も受け入れ、尽きることなく蜜を零し続けていた。ミレイアの感じる場所を知り尽くした指が時に激しく、時にからかうように媚肉を弄んでいる。そのたびにミレイアの胎内はそれに応えるように蠢き、彼の指に絡みついて締め上げる。その締めつけを楽しむように更に指で中を掻き回され、壁を擦られて、ミレイアは嬌声を上げて何度も頂点に押しやられた。

それなのにエイドリックはミレイアをそのそそり立つ楔で貫こうとはしなかった。ただただ、手と舌で彼女を乱していく。

今は蜜壺を犯す指に加えて、充血して皮を剝かれた蕾を舌と唇で愛撫され、二箇所の敏感な部分を同時に攻められている。ひっきりなしにその唇から甘い悲鳴が上がり、ミレイアはその華奢な身体に過ぎた快楽を与えられて今にも狂いそうだった。

「いやぁ、もう、いやぁ……！」

生理的な涙がミレイアの頬を流れる。髪を振り乱し、子供のようにイヤイヤと頭を振るその姿は、けれど彼女を翻弄している男の嗜虐心を煽るだけだった。

「何が嫌なの、ミレイア？　コレが大好きなくせに」

ミレイアの秘めやかな蕾に歯を立てながら、エイドリックが笑う。ミレイアがいっそう髪を振り乱す。

「や、やあ、そこ、いやぁ……！」

「嘘つき」

エイドリックはそう言って、ミレイアの蜜壺に差し入れた三本の指を大きく動かした。ぐちゅ、ぐちゃという粘着質な水音がいっそう高くなる。

「ひゃ、あ、ああっ！」

ミレイアは頭を反らし、腰を波立たせた。奥から蜜がトロトロと零れ、エイドリックの手とシーツを汚していく。

「ほら、君のココ、悦んでいるよ？」

充血して立ち上がっている蕾を舌先でねっとりと舐め上げながらエイドリックが囁く。その振動や吐息にすらミレイアは感じてしまい、びくんと腰を震わせた。

「淫らな君は、激しく犯されながらココを弄られるのが大好きなんだよね？」

いっそう水音が高くなる。激しく蜜壷を出入りする手の動きに加えて、蕾を舌でいたぶられながらきつく吸われ、ミレイアの腰が浮き上がった。蜜が指で掻き出され、内股を伝わっていく。

「んぁ……ち、違う、私、こんなの……」

ミレイアは涙を散らし頬を染めながら首を激しく横に振る。けれどそれは快楽を逃がすためなのか、否定するためなのか、自分でもよく分からなかった。

「こんなに気持ちいいって蜜を垂れ流しているのに？　嘘はダメだよ、ミレイア」

「あ、あ、んんっ……！」

エイドリックは差し込んだ中指をくいっと曲げ、ミレイアの感じる場所を擦り上げ、身悶えする様を見ながら、くすくす笑った。

「僕の前では隠す必要はないんだよ。快楽に身をゆだねて僕の腕の中で淫らに狂えばいい。僕以外見えなくなるようにね」

エイドリックはちゅっと蕾に濡れたキスをし、指でミレイアの胎内を掻き回しながら促す。

「ほら、ミレイア、正直に言ってごらん？　気持ちいいって。これが好きだって」

「んあっ、や、あ、あン、んっ」

じゅぼじゅぼと粘着質な音が寝室に響き渡る。その音に耳を侵され、悦楽に思考を溶かされ、嬌声を上げながら、ミレイアの頭の中にエイドリックの言葉が浸透していく。

「ミレイア？　言ってごらん、君の身体が感じるままに。気持ちいいんだろう？」

「……んっ……」

ミレイアはかすかに頷いた。

──そう、気持ち、いい。

エイドリックに敏感な蕾を嬲られるのも、蜜壷の中を彼の指で弄られるのも。何もかも、彼がやること全部が……。

「……気持ち、いい。好き……」

朦朧としながらミレイアは呟く。そのとたん、その言葉が胸に落ちて、何かが解き放たれるのを感じた。ミレイアの翠色の瞳が欲望に翳《かげ》り、薄紅色の唇が言葉を紡ぐ。

「気持ちいいの、エイドリック、もっと……もっと……」

エイドリックがミレイアの蕾に歯を立てながら、ふっと笑う。

「僕の小さなお姫様。ようやく素直になったね。いいよ、君の好きなだけあげる」

「んぁっ、あ、あン、んん。エイド、リック、私、また……！　あ、あああぁ！」

手と唇に追い上げられ、ミレイアはシーツを握り締めながら再び達した。身体が小刻みに震え、膣がぎゅっと蠕動し、エイドリックの指を締めつける。けれど、その絡みつく襞を掻き分けるようにしながら、抽挿は続けられる。達して敏感になった膣は息を整える暇も与えず、更なる快楽をミレイアの脳髄《のうずい》に伝えた。

「ああっ、あ、ん、んっ、あっ、気持ち、いい……！」

悦びの声が高らかに響く。まるでアルコールに酔ったみたいだ。体中が熱くて、疼いて、たまらなくなる。けれどミレイアはエイドリックの手の動きに合わせて腰を揺らしながら、どこかで足りないと思った。蜜壺を犯すエイドリックの指は奥の方までは届かない。けれど、今のミレイアはその奥に彼の熱を、質量を感じたくてたまらなかった。子宮が、彼を求めて熱と疼きを発していた。

「エイドリック、お願い、エイドリック……」

ミレイアは蕾を舌で押しつぶされ、のけ反りながら、うわごとのように繰り返す。時折ミレイアの開いた内股に触れる熱いものが、もう何であるのか分かっている。今はそれで奥の奥まで突かれ、彼の熱を直接胎内で感じたくて仕方ない。いったんその欲求を覚えた身体は今エイドリックに与えられている愛撫では満足できなくなっていた。

ミレイアは目に涙をためながら、シーツを握っていた手を放すとエイドリックの方に伸ばし懇願した。

「お願い、エイドリック。もう……」

エイドリックは顔を上げ、ミレイアの手を取りながらくすりと淫靡に笑う。その笑みを見たミレイアの子宮がずくんと疼いた。それに連動して肉壁が波打ち、エイドリックの指を締めつける。するとエイドリックは纏いつく襞から逃れるように、ミレイアの蜜壺からゆっくりと指を引き抜いていった。

「んんっ」

ミレイアはその抜かれる時の感触にも感じてしまい、ぶるっと身を震わす。栓を失ったその空洞からは蜜がとろとろと溢れ出し、下肢を汚していった。

「我慢できないの？　ミレイア」

エイドリックは、彼を求めるようにピクピクとひくつくミレイアの蜜口をじっと見下ろしながら、笑いを含んだ声で尋ねる。ミレイアは羞恥を覚えながらも、素直に頷いた。彼の言うとおりだ。エイドリックの灼熱《しゃくねつ》を、子宮に続く狭い道をみっちりと埋め尽くすその熱い塊を感じたくてたまらなかった。

「これが欲しいの？」

エイドリックは身を起こすと、ミレイアの手を引いて己の猛った楔に導いた。ミレイアは手のひらに硬いものが押しつけられるのを感じて、ハッと顔を上げた。自分の手がエイドリックの浅黒く怒張したものに触れている。それに気づいてミレイアはかぁと顔を赤く染め、手を引き抜こうとした。けれど、エイドリックはそれを許さず、それどころかミレイアの手に自分の手を重ねてそれを握らせてしまう。見ていられなくて顔を背けるものの、自分の手の中で脈打つものに意識は奪われていた。それは熱くて硬くて、でも思っていたよりも滑らかだった。

これが、いつも自分の胎内に入り、蹂躙し、意識が飛ぶほどの悦びを与えていたものなのだと、ミレイアはごくりと喉を鳴らす。脈打つそれに呼応するように、ミレイアの子宮がずきずきと疼いた。

「ミレイア、これが欲しいかい？」

ミレイアに存分に握らせながら、エイドリックが尋ねる。何度も達したミレイアと違い、エイドリックはまだ一度も欲望を解放していない。ミレイアの手の中の怒張は硬く張りつめ、彼女の手に収まらないほどの大きさになっている。そんな状態でありながら、エイドリックはミレイアに触れる手にもかける言葉にもまだ余裕があった。余裕がないのはミレイアの方だ。エイドリックを求めて秘部から絶え間なく蜜が零れて、男を受け入れる準備を整えていく。

「欲しい、です」

ミレイアは羞恥に頬を染めながら、小さな、でもはっきりした声で答える。普段エイドリックはミレイアに甘く、欲しいと言えばすぐに与えてくれる。けれど、彼女を溺愛し優しく甘やかしてくれるエイドリックだが、閨の中では少し違った。言葉で嬲り、支配欲を露わにし、乱れるミレイアを更に攻めたてることも珍しくなかった。それに反応するミレイアに笑みを浮かべながら、更に悦楽を刻みつけていくのだ。

今日もまたエイドリックは愉悦の笑みを浮かべて、ミレイアを優しく、そして淫らに追い詰めていく。

「どこに、どんなふうに欲しいの、ミレイア？」

「え？」

ミレイアは戸惑いの声を上げて、エイドリックの方に顔を向けた。エイドリックは目が合うと更に笑みを深くする。

「ミレイア、これをどうしたい？　どこに入れて欲しい？　君の望むものをあげる」

ミレイアは息を呑んだ。エイドリックの楔を、どこにどうして欲しいかを言う……？

それの意味するところを悟ってミレイアの喉がからからになった。

「そうだよ。どんなに僕を欲しがっているか、君自身が示すんだ」

そう言ってエイドリックは己の肉茎からミレイアの手を外させ、その指先にキスをする。それだけでもミレイアは感じてしまい、びくんと肩を震わせた。エイドリックが促す。

「どこにコレを入れて欲しいか、ねだってごらん？　ミレイア」

ミレイアの頬が真っ赤に染まり、涙で目が潤んだ。何て意地悪なんだろう。彼はミレイアに自ら求めさせる気なのだ。けれど、恥ずかしくて仕方ないのに、なぜか下肢の奥が痺れて、蜜を溢れさせる。エイドリックの意地悪に、ミレイアの身体は淫猥なまでに反応していた。

そんな彼女の心を知ってか知らずか、エイドリックはくすっと笑い、ミレイアの蜜口に自身の先端で軽く触れ、浅いところを掻き回し始めた。ミレイアの腰が揺れ、彼女の唇からすぐさま甘い声が上がる。けれどエイドリックは、すぐその手を引いてしまう。

「……あ……」

残念そうな声を漏らすミレイアにエイドリックが淫靡な笑いを浮かべて問う。

「ねぇ、ミレイア。指だけでいいの？」

「……や……」

ミレイアは首を横に振った。ここまで散々嬲られて高まった身体は充足を求めて荒れ狂い、とうとう身体が求めるものに抗いきれず、ミレイアの口から言葉が零れた。

「お、お願い。エイドリックのそれを……ください」

けれどエイドリックはそれでは許さなかった。

「何を、どこに欲しいの、ミレイア？」

「わ、私の、中、に、入れてくだ、さい」

かぁと全身が羞恥に赤く染まる。

「何を？　それに中ってどこ？　ちゃんと示さないとあげないよ」

ミレイアの目からとうとう涙が零れた。けれどその涙は今のエイドリックにとって更に情欲を煽るものでしかなかった。彼はミレイアの指先に歯を立てて、この指で示せと暗に告げながら手を放した。ミレイアは一度その手をシーツの上に落としたものの、身を走る欲望の炎に煽られて、とうとう屈した。

震える手を、自分の下肢に持っていく。蜜をたたえてぬるむ秘裂に指を添えると、恥ずかしそうに顔を背けながら、その白くて細い中指と人差し指で花弁をそっと押し開く。

「もっと、脚を開いて」

エイドリックの指示が飛び、ミレイアはビクンと身を震わせながらもそれに従う。脚を更に開き、エイドリックに向けて密やかなその部分を自ら暴いていった。花弁がめくれて露わになった隘路からは蜜が零れ、エイドリックを求めるかのようにピクピクと震えていた。それは可憐で清純な容姿を持つミレイアとは思えないほど、淫猥な姿だった。その無垢でありながら淫奔な姿態は、どんな男だろうが、舌なめずりをせずにはいられないだろう。けれど、その姿を見られるのはエイドリックただ一人。そのことにエイドリックは喜悦の笑みを漏らす。

顔を背けているミレイアはそんなエイドリックの姿を見ることもなく、頬を染め、目をぎゅっと閉じ、恥ずかしそうに告げた。

「エ、エイドリックのを、ここに、入れてください」

その瞬間、彼が笑ったような気がした。

「いい子だね、ミレイア。ご褒美を上げよう」

その声と共に、ずんっと楔を打ち込まれる。遮るものはなく、それは一突きですんなり奥まで到達した。

「あ、あああああ！」

その衝撃で一気に頂点に押しやられたミレイアは悲鳴を上げながら達した。無意識に腰を突き上げ、背中をのけ反らせる。隘路を埋め尽くす猛った肉茎に襞が狂ったように絡みつき、締めつけた。

「……はっ……」

奥深くうずめたまま、しばし動きを止めていたエイドリックが満足そうな吐息をつく。彼は自分の腰とミレイアが繋がった部分にはさみ込まれたままだった彼女の手を、充血して立ち上がっている蕾に添えさせると、嫣然と笑った。

「君はココを弄られながら、僕のでこっちの奥を突かれるのが好きなんだよね」

エイドリックはゆっくりと抜き差しを開始する。ミレイアはその動きに腰を波立たせながら、ガクガクと頷いた。

「好き……。あ、ン、ん、エイドリック、気持ち、いい！」

すでに理性は溶かされ、思考は形になっていない。ただただミレイアは身体が求めるものに従うだけになっていた。ずんと奥を穿たれながら、突起を自分の指ですりつぶし、喜悦の声を上げる。

「あ、あ、んんっ、エイドリック、エイドリック……！」

闇の中では彼の名前を呼ぶように躾《しつけ》けられた彼女は、それがまるで命綱であるかのように嬌声と共に何度も口にする。

「ここにいるよ、ミレイア。僕の小さなお姫様。僕たちはずっと一緒だ」

荒い息と共にエイドリックの言葉が耳に注がれた。

「ああんっ、あ、んん、ん、んぁぁぁ！」

「僕だけを見て、僕だけのことを考えて生きて、ミレイア」

執拗に奥の感じる部分を太い先端で突かれて、ミレイアの口からひっきりなしに嬌声が上がる。

「あっ、んン、あ、ああ、エイドリック……！」

何を言われているのか、白く霞がかった思考の中では理解できなかった。けれど、そのエイドリックの言葉の何かが本能に訴えてくる。ミレイアは彼の背中に両手を回すと、エイドリックに縋りつきながら、共に揺れ動き、その悦楽に身を浸した。


「あ、あ、ぁ、あ……」

ベッドが軋む音と、ぐちゅん、ぐちゅんという卑猥な水音が寝室に響きわたる。最初の頃の緩やかな動きは今は遠く、シーツに爪を立てるミレイアの上で、彼女の両脚を抱えあげたエイドリックが上から突き刺すように激しく攻めたてていた。華奢な身体を折り曲げられ、エイドリックを受け止めさせられているミレイアは苦しい息と快感の間で翻弄されていた。

掻き出された蜜が白く泡立ち、ミレイアの滑らかで丸い双丘の間を伝わってシーツにぽたぽたと零れていく。その感触にすら感じてしまいミレイアは内股をぶるっと震わせた。

時折降りてくる口を、唇を開いて受け止め、共に揺れながら舌を絡め合い、深いキスを交わす。

「んぁ。んん、ん。……ふぁ」

苦しい。けれど、嬉しい。気持ちが通じ合った後の行為はこんなにも違うのかと思う。今までは悦楽に思考を溶かされても、どこかに心苦しさが残っていて、彼に心をゆだねてはいけないと思っていた。けれど誤解の解けた今はそのわだかまりがなく、身体だけではなく、心も彼に寄り添っている。あんなに怖かった彼の欲望を奥深くで受け止めることも、今は平気だった。それどころか待ち望んですらいた。あの子宮に広がる熱を感じたかった。

「エイドリック、私、もう……っ」

再び絶頂の予感を覚えたミレイアはエイドリックの首に取りすがった。彼の熱い楔はミレイアの胎内で膨れ上がり、今にも弾けそうだ。

「いいよ、何度でもイッて、ミレイア」

ぐっと奥を抉り子宮の入り口をその太い楔で叩きながら、エイドリックは笑う。

「ああっ……！」

鈍い痛みとそれ以上の快楽がないまぜになってミレイアを襲った。何度も絶頂に達した身体はいとも簡単に快楽を拾い上げて悦びに変換していく。ミレイアは腰を波立たせながら、その感覚に身をゆだねた。

「エイドリック……！　ああ……イク……！」

背中を弓なりに反らし、腰をエイドリックに押しつけながら、甘い悲鳴を響かせミレイアは達した。

「……っ、ミレイア……！」

苦しそうなエイドリックの声が続く。ミレイアの胎内が蠢きエイドリックの肉茎をぎゅうっと痛いくらいに締めつけたのだ。その射精を促す動きにエイドリックは逆らうことなく、ミレイアの腰に己を強く叩きつけると、子宮の入り口に切っ先を食い込ませ、解放した。その次の瞬間、ミレイアの奥にどろりとした熱いものが注がれ、広がっていく。

「んっ、あ、あン……んんっ……」

ミレイアはより深いところで受け止めようとするかのように、エイドリックの腰に脚を巻きつける。エイドリックはそんなミレイアの奥に更に強く腰を押しつけると、筋肉を震わせながら、白濁で満たしていった。


やがて歓喜の時は過ぎ、彼の温かな腕に包まれて横たわり、目を閉じて心地よい疲労感に身を浸していたミレイアは、ふと、目を開けて言った。

「エイドリック、私、おば様や先生にもっと色々なことを教わって勉強します」

「ん？　どうしたんだい、突然に」

ミレイアの滑らかな白い背中を優しく撫でながらエイドリックは問いかける。彼女はその感触に「んんっ」と甘い吐息を吐いた後、恥ずかしそうに告げた。

「おこがましいかもしれないけど、今までのように一方的に依存するのではなく、何かあった時にはエイドリックの助けになりたい。エイドリックの隣に立つのにふさわしい女性になりたいんです。だから……」

　そこまで言った後、言葉を切り、ミレイアはエイドリックを見上げて微笑んだ。彼は絶対に応えてくれるという予感があった。あの幼い日のように。

「だから、もっと自分に自信が持てるようになったら、私をエイドリックのお嫁さんにしてくれますか？」

「ミレイア……」

　エイドリックは愛おしそうにミレイアを見下ろすと、彼女の唇にキスを落として笑顔で言った。

「もちろんだとも、僕の小さなお姫様。……いや、もう小さな、ではないね。君は立派な大人の女性なのだから」

「大人……」

　ミレイアの目に喜びの涙がにじむ。今やっとエイドリックに真に大人として認められた気がしたのだ。

　かつてミレイアは早く大人になりたいと願っていた。エイドリックと一緒に人生を歩むために。それは儚い夢になるはずだったのに、今こうして叶おうとしている。

『兄様、大好き！　私、エイドリック兄様のお嫁さんになりたい。そうすればずっと一緒にいられるでしょう？』

　思い出の中から幼い頃の無邪気な声が聞こえた。それに応えるエイドリックの声も。あの時からずっと、この腕は自分のために差し伸べ続けられていたのだ。

ミレイアはエイドリックの首に手を回してぎゅっと抱きついた。

「エイドリック。大好き。ずっとずっと傍にいて。この腕の中に抱きしめて私を放さないで」

……ふっと頭上で笑う気配がした。けれどミレイアはそれがどんな笑みだったのか知ることはない。

「もちろんだよ、ミレイア。僕たちはずっと一緒だ……永遠に」

熱い吐息が耳に触れ、頬を滑って唇に触れる。ミレイアはそっと目を閉じて、再び始まった熱狂に身をゆだねた。

エピローグ　柔らかな腕《かいな》に沈む

ミレイアはエイドリックの屋敷の中庭で、花を摘《つ》んでいた。庭師が丹誠こめて作った花壇には色とりどりの花が植えられていて、芳《かぐわ》しい香りと共にミレイアの目を楽しませてくれる。もちろん通常であればエイドリックの屋敷のものとはいえ、勝手に花を摘むことなどしない。切り花が欲しいと言えば、庭師がすぐに選りすぐった花をミレイアの部屋に届けてくれるからだ。

でも今日だけは自分の手で選んで花束を作りたかった。だから庭師に許可を得てこうして摘みに来ている。

今日、彼女はエイドリックと共に彼の両親のアルデバルト侯爵夫妻に会いに行くのだ。あの日城で会えるはずだったのにあんなことになってしまい、その後も色々事後処理が大変だったようで、今日になってようやく実現した再会だった。

今夫妻は王家から依頼された仕事を全て終わらせて、アルデバルト侯爵家の屋敷に戻ってきている。ミレイアはエイドリックの婚約者として会いに行くことになっていた。

エイドリックに言わせれば、夫妻はミレイアを大歓迎してくれているらしいが、少しでも心証を良くしたい彼女としては夫人に渡す花選びに手を抜くわけにはいかなかった。

ミレイアは摘んだ赤い花を、手にしている籠にそっと入れて立ち上がった。

——あの事件から一か月が経っていた。

その間、エイドリックによれば宮廷は大揺れだったそうだ。横領と汚職の摘発に加えて、第一王子の後見人だったギルドラン伯爵は失脚し、横領や王族の暗殺を企てた罪で投獄された。そのうえその第一王子は王子としての身分を剥奪されて、一年間の蟄居《ちっきょ》を命じられたのだ。皆が動揺するのも当然だろう。マリウス王子は王太子として、事態の収拾に当たり、その手腕を遺憾《いかん》なく発揮したようだ。おかげで今は宮廷も落ち着きを取り戻し、アルデバルト侯爵夫妻もそれでようやく自宅に戻ることを許されたのだった。

ウィレム王子とはあれ以来会っていない。彼は王家所有の屋敷に軟禁状態で、マリウスですら面会は難しい状態だ。だから彼がギルドラン伯爵を失ってどういう状態なのか窺い知ることはできない。けれど、エイドリックに突然兄と妹という関係性を断ち切られた時、ミレイアは目の前が真っ暗になり、その闇の中で迷子になったような感じがした。おそらくウィレムも今そんなふうに途方に暮れているだろう。

けれど、と思う。ミレイアにエイドリックがずっと手を差し伸べてくれていたように、彼にも王や王妃、それにマリウスという家族がいる。ギルドラン伯爵のせいで歪んでしまった関係だが、ミレイアとエイドリックが新たな関係を築いたように、きっとウィレムも差し伸べられている手に気づくことができれば、新たな人生を始められるに違いない。そしてそのうち臣下に下ったウィレムが弟のマリウスの統治を手助けする、そんな未来が来るかもしれない。来るといい。……もっとも、友達になったセレスティアには「期待なんかしない方がいいわよ。簡単に矯正《きょうせい》できる性格じゃないんだし」などと言われているが。

そのセレスティアは未だにマリウスの婚約者として城に逗留《とうりゅう》中だ。後から聞かされたことだが、元々あの婚約発表はギルドラン伯爵を罠にかけるための仮の婚約――お芝居だったのだという。どうりでエイドリックがあの時「茶番」という言葉を使ったわけだ。

けれど、年齢も身分も政略結婚相手としては申し分ないということから、両国の王族間ではこの婚約を本物にしようという動きが広がっている。エイドリックによれば、マリウスはセレスティアをとても気に入っているということなので、もしかしたら確信犯かもしれない。彼が仮の婚約を彼女に持ちかける時にこの事態を想定していなかったなんてあり得ないだろうから。

セレスティアの手紙を読む限り、彼女の方も満更でもないらしい。お似合いの二人なので、ぜひとも結ばれて欲しいものだ。エイドリックの仕事は増えるかもしれないが。

そのエイドリックといえばマリウスの側近として忙しい毎日を送っている。けれど毎夜ちゃんと戻ってきて、ミレイアを情熱的に愛してくれる。ミレイアはますます彼との交わりに溺れ、エイドリックがいなければ一日も明けぬようになってしまった。彼がいない二年間、どうやって彼なしで生きてこられたのか自分でも不思議になるほどだ。

——エイドリックだけがミレイアを生かすことができる。失ったらきっとミレイアは死んでしまうだろう。

「エイドリック……」

彼の名前を口に乗せる。それだけで身体の芯が疼いた。

彼は今来客の応対中だ。それが終わり次第、アルデバルト侯爵夫妻のもとへ行くことになっている。ミレイアもそろそろ花を摘むのは止めて、外出の支度をするべきだろう。

ミレイアは籠を手に屋敷へ向かって歩き出そうとした。その時だった、すぐ近くの低木から一羽の鳥が飛び立ち、ミレイアの目の前を横切った。鳥の種類はよく分からなかったが、その鳥が綺麗な青色をしていたのは分かった。

ミレイアの脳裏に、幼い頃エイドリックから贈られて可愛がっていた小鳥が浮かんだ。さっきの鳥はあの子と同じくらいの大きさで色もよく似ていたような気がする。同じ種類の鳥かもしれない。けれど、飼われて人に慣れていたあの子と違って、今の鳥は野生に違いない。それとも、かつては人に飼われていたけれど、鳥籠から逃げ出してしまったのかも……？

そこまで考えたミレイアの頭の中に不意に過去の記憶が浮かび上がる。

エイドリックに貰った大切に飼っていたあの子。けれど、一度だけ逃がしてしまったことがあった。窓が開いていることを忘れて、うっかり鳥籠から取り出してしまったのだ。

小鳥は部屋をぐるりと旋回した後、開いた窓から飛び出した。

ミレイアは落ち込んで泣いた。エイドリックから貰った大切な小鳥を逃がしてしまって、すごく悲しくて彼に申し訳なくて仕方なかった。それをどこから聞いてきたのか、エイドリックがやってきて、涙の止まらない彼女を抱きしめて言った。

『泣かないでミレイア。あの子は戻ってくるから大丈夫』

『本当？』

顔を上げるミレイアの涙に濡れた頬に慰めるようなキスをして、エイドリックは微笑んだ。

『本当だよ。人に飼い慣らされた小鳥は外では生きていけないんだ。きっとあの子は自ら鳥籠に戻ってくるよ。だから籠を開けて待っていてごらん』

――そのエイドリックの言葉どおり、次の日窓辺に置いておいた鳥籠の中にあの小鳥は自分から戻ってきた。

泣いて喜ぶミレイアをその腕に抱きしめながらエイドリックが囁く。

『ほらね、ミレイア。あの子はこの鳥籠の中でしか生きられないんだ』

その言葉はなぜか長くミレイアの中に残っていた。

――……それを、なぜ今思い出したのだろう？

ミレイアは籠を持ったまま立ち尽くす。

「……人に慣らされた小鳥は鳥籠の中でしか生きられない。逃げたとしても自ら鳥籠に戻る……」

彼のあの時の言葉を呟くと、なぜか背筋に冷たいものを感じた。

……エイドリックはミレイアを籠の鳥だと言った。ここが鳥籠だとも。それが意味するものは——。

「ミレイア」

不意にエイドリックの声が聞こえて、ミレイアはビクッと震えた。過去の声じゃない。本物の声だった。おそらく来客の応対が終わって彼女を迎えにきたのだろう。

ミレイアが恐る恐る振り返ると、少し離れた花壇の脇でエイドリックが腕を広げて立っているのが見えた。彼はミレイアに微笑んでいる。いつもの、優しく慈しみに満ちた笑みだ。……でも、それがどうしてこんなに恐ろしいのだろう。

形の良い唇が弧を描き、彼女に告げる。

「おいで、ミレイア」

その言葉にミレイアはぎゅっと目を瞑った。

分かった。鳥籠はこの屋敷じゃない。あの腕の中だ。あそこがミレイアを閉じ込める鳥籠そのもの。そしてミレイアはあの鳥籠の中でしか生きられない鳥だ——。

「ミレイア、おいで」

再び声がした。ミレイアは震えるような吐息を漏らした後、目を開けてエイドリックに向かって歩き出す。

これが彼の望みなのだ。一歩一歩進むごとに確信に変わっていく。

でも、とミレイアは思う。それは果たして本当に一方的なもの？　それはいつから始まった？　たぶん、最初から。物心ついた時から。ミレイアが彼に依存し、彼の腕の中以外で生きていけないようにするのが。

――本当に依存しているのは、どっち？　私？　それとも……。

ミレイアが彼なしでは生きていけないように、彼もまたミレイアなしでは生きていけない。だからこそ二人だけの世界に彼女を引き込もうとしているのだ。そう思ったとたん、ミレイアの中で喜びがさざ波のように押し寄せた。

――これは愛と言える？　それとももっと別のもの……？

ミレイアはずっと、生まれた時からあの腕に包まれて生きてきた。それ以外を知らなかった。それはそう彼が仕向けたためだが、それをミレイアもよしとしていた。自分から進んであの腕の中にいたのだ。だから成長し、狭かった世界が広がっても……いや、外の世界に出て色々な人と出会ったからこそ、ミレイアはエイドリックの腕の中に戻っていく。そこが彼女の居場所……いたい場所だと何度も心に刻みつけられる。

あの腕に囚われながらも、ミレイアには逃げ出す機会があった、いや実際に逃げ出そうとした。でもいつも最終的には離れる選択肢を選ばない。あの二年の間にも、そしてマリウスに問われた時も、いつだって彼女は自ら彼の傍にいることを選択する。自ら囚われていく。

……なぜなら、小鳥《ミレイア》は鳥籠の中でしか生きられないから。

ミレイアはエイドリックのもとへたどり着くと、そのまま彼の広げた腕の中に身を寄せ、自ら収まった。腕が背中に回され、彼の腕の中に閉じ込められる。鳥籠が閉じていく。

でも、いい。それこそがミレイアの望み。……それ以外を彼女は選ばない。そこが自ら望んだ場所だから。

ミレイアはエイドリックの胸に頬を寄せて、囁く。

「エイドリック、ずっと傍にいて。私を放さないで」

それはお互いを縛りつける言葉。

「放さないよ、ミレイア。ずっとずっと僕たちは一緒だ」

ミレイアは頷いて目を閉じて、その腕に自分をゆだねた。

籠の鳥は自らの意志で囚われ、柔らかなその腕《かいな》に沈んでいく——

あとがき

初めましての方も再びの方もこんにちは。拙作を手にとっていただいてありがとうございます。富樫聖夜《とがしせいや》です。

今回は明るい話だった前作と違ってちょっとシリアス調の話になりました。ヒーローのエイドリックはソーニャらしくちょっと歪んでいて、彼に育てられたヒロインのミレイアも実は？　みたいな感じを目指しました。少しもやっとするかもしれませんが、少しでも楽しんでいただければと思います。

イラストの佳井波《よしいなみ》様。素敵なイラストをありがとうございました！　ミレイアがすごく可愛くて、エイドリックも格好よくて、ラフいただいて小躍りしておりました！　このイラストあれば、私の文章いらないんじゃないかと思ったくらいです。

最後に編集のY様。前回に引き続き今回もご迷惑おかけして本当すみませんでした。何とか書き上げることができたのもY様のおかげです。ありがとうございました！

それではいつかまたお目にかかれることを願って。

富樫聖夜

この本を読んでのご意見・ご感想をお待ちしております。

◆ あて先 ◆

〒101-0051
東京都千代田区神田神保町2-4-7 久月神田ビル7階
㈱イースト・プレス　ソーニャ文庫編集部
富樫聖夜先生／佳井波先生

鍵《かぎ》のあいた鳥籠《とりかご》

2014年6月10日　第1刷発行

著　者　富樫聖夜《とがしせいや》
イラスト　佳井波《よしいなみ》
装　丁　imagejack.inc
D T P　松井和彌
編　集　安本千恵子
営　業　雨宮吉雄、明田陽子
発行人　堅田浩二
発行所　株式会社イースト・プレス
〒101-0051
東京都千代田区神田神保町2-4-7 久月神田ビル8階
TEL 03-5213-4700　　FAX 03-5213-4701
印刷所　中央精版印刷株式会社

ISBN 978-4-7816-9531-0
定価はカバーに表示してあります。